Michael Fiegle

Die Tote
im Mühlhäuser Stadtwald

und andere Hainich-Krimis

Bibliografische Information der Deutschen
Nationalbibliothek:
Die Deutsche Nationalbibliothek verzeichnet diese
Publikation in der Deutschen Nationalbibliografie;
detaillierte bibliografische Daten sind im Internet über
http://dnb.dnb.de abrufbar.

© Michael Fiegle 2018
Cover & Coverfotos: Michael Fiegle
Fotomodell: Eva Katharina Hahn
Herstellung und Verlag:
BoD – Book on Demand, Norderstedt

ISBN: 978-3-746 0937 72

Die Tote im Mühlhäuser Stadtwald

1

Herbst im Jahre 1998. Laub lag schon am Boden, einiges hing noch an den Ästen. Es war feucht und neblig, Anfang November eben. Und still war es. Man konnte jedes Blatt mit leisem Geräusch wie eigenartig geformte Geldscheine auf den Boden fallen hören. Gerade zischte wieder so ein Windhauch durch die Buchenwipfel, die im Stadtwald ihre stattlichen dreißig Meter erreichen. Unzählige goldene Blätter trieben durch die Luft, zogen ihre runden Schraubenbahnen und bedeckten mit einem Mal die breite, geschotterte Forststraße. Ein goldener Weg zog schnurgerade durch den endlos erscheinenden Wald, unberührt wie nach dem ersten Schneefall Ende November, wenn noch kein Jeep des Försters, der Waldarbeiter oder eines Jägers seine Abdrücke hinterlassen hat. Tropfen klatschten darauf. Eben hatte sich an einem Ast wieder einer gebildet, löste sich zäh ab von dem dunklen Ästchen und fiel unhaltbar, formte sich zu einer Kugel und zerplatzte auf einem der goldenen Blätter unverhofft in unzählbare Tröpfchen und Wasserstaub. Nichts blieb, außer vielleicht der Ahnung, dass da einmal etwas war. Und wenn die Sonne das Wasser verdunstet hatte und begann, die Feuchtigkeit aus den toten Blättern herauszusaugen, würde auch von dieser Ahnung nichts mehr übrig geblieben sein.

Rauschend auf nasser Fahrbahn glitt der Fünfer-BMW auf der Bundesstraße an Katharinenberg vorbei, ließ den Ort mit der Kirchenruine rechts liegen. Nadja blickte vom Rücksitz durch die Windschutzscheibe kühl in die graue Trübe, die sich an jenem Sonntagmorgen dort draußen breit machte. Schneereste am Straßenrand kündeten noch vom Schneesturm, der nur wenige Tage zuvor über Deutschland gewütet hatte und überall eine ansehnliche Schneedecke hinterlassen hatte. Der Scheibenwischer arbeitete auf Intervallschaltung, wischte den feinen Niesel zur Seite und gab für einen Moment den Blick nach vorne frei. An den Straßenrändern immerhin ein wenig bunte Farbe, vom gelbgrünen Laub der wenigen, nun wie zerzaust wirkenden Eschen, die dort noch stehen geblieben waren. Im Auto war es von der Heizung mittlerweile behaglich warm. Nadja in ihrem knappen Minirock und mit der edlen, dunkelbraunen Pelzjacke, die sie nur über die Schultern geworfen hatte, darunter eine Leopardenbluse aus Seide, hatte aufgehört zu frösteln. Ihre großen, dunklen Augen kreisten aufgeregt in die aus dem Halbdunkel auftauchende Hainichlandschaft. Alexandra neben ihr hatte am Morgen eine enge Jeans angezogen und einen schmeichelzarten Kaschmir-Rolli. Darüber die glänzende schwarze Lederjacke. Die langen, braunen Haare zum Pferdeschwanz zusammengebunden, nutzte sie die paar ruhigen Minuten für ein Schläfchen. Den Kopf an die Nackenstütze gelehnt, hatte sie die Augen geschlossen, sah nicht, wie der getunte und tiefer gelegte Sportwagen gerade an den mächtigen Buchen am Mühlhäuser Landgraben vorbeisauste. Weil ihr Kopf leicht nach hinten geneigt war, musste sie leise schnarchen. Man möchte ihr Freund gewesen sein in jenem Augenblick und zärtlich über die süß Schlafende geblickt haben.

Nadja tippte in dieser Sekunde dem Mann auf dem Beifahrersitz auf die Schulter. »Milan, ich muss mal! Können wir nicht mal anhalten?« Der Mann, um die dreißig, dunkle kurze Haare, Hakennase, gestreiftes Hemd unter rehbrauner Wildlederjacke, drehte sich zu der dunkelhaarigen Nadja um, blickte ihr mürrisch ins edel gebräunte Gesicht mit dem spitzen

Näschen und maulte sie an: »Ich hab doch vorhin gesagt, ihr geht noch mal pullern, bevor wir ins Auto steigen! Um 10 Uhr müssen wir in Erfurt sein! Erwin legt Wert auf Pünktlichkeit! Also reiß dich zusammen!«

»Milan, ich hab vorhin zwei Tassen Kaffee gehabt, ich mach dir gleich auf den Ledersitz!«

»Das lässt du schön bleiben! Verdammte Scheiße! Dass man mit euch Schlampen immer nur Probleme hat!« Und zum Fahrer: »Vadim, halt an, unser Rassepferdchen muss mal!«

Vadim lenkte den BMW knirschend in einen Waldweg und bremste scharf ab. Milan stieg aus, ging hinten um den Wagen herum und öffnete Nadja die kindergesicherte Hintertür. Sie stieg aus und Milan hakte sie unter. Beide gingen die Forststraße entlang.

»Wie weit denn noch?«, fragte Milan barsch, als Nadja wohl schon hundert Meter in den Wald hineingegangen war.

»Soll ich an der Straße pullern, wo mir jeder zugucken kann?«, raunzte sie zurück.

Tatsächlich, der Wald war schon sehr licht und man konnte von der Straße weit hineinschauen. Beide gingen noch ein paar Schritte, bis sich Nadja zum Pullern hinhockte.

»Willst du mir jetzt dabei zugucken, Arschloch?«, herrschte sie den Rumänen an.

Der nahm ein paar Schritte Abstand und drehte sich doch tatsächlich um. Das nutzte Nadja aus. Plötzlich begann sie zu laufen. Sie rannte los, wie sie noch nie gerannt war. Milan wusste erst gar nicht, was ihm da geschah, so überrascht war er.

»Bleib stehen, Miststück!«, rief er erst einmal.

Und als Nadja vielleicht schon dreißig Meter weg war, machte er sich selbst auf die Strümpfe und jagte ihr nach. Nadja kam in ihren Leder-Stiefeletten nicht besonders schnell voran. Milan war in seinen zugespitzten Schnürschuhen auch nicht viel schneller und kam kaum näher an sie heran. Nadja raste davon, als ob es ihr ans Leder ginge.

»Bleib stehen oder ich mach dich kalt!«, schrie Milan vor Wut schäumend und keuchend wie ein Asthmatiker hinter ihr her.

Plötzlich brach der rechte von Nadjas Schuhabsätzen ab. Die junge Frau knickte um und stürzte mit einem Schrei der Nase nach auf den harten Schotter, schürfte sich Knie und Hände auf und war erst einmal geschockt. Milan kam mit triumphierendem Lächeln gerade an die Liegende heran, da drehte sie sich um und versetzte ihm in der Drehung mit dem linken Fuß einen harten Tritt ans Schienbein. Milan schrie auf und hielt sich das Bein. Nadja versuchte aufzustehen, fiel aber sofort wieder hin. Den Knöchel musste sie sich zumindest verrenkt haben. Ein lähmendes Stechen fuhr ihr ins Gelenk und wie ein angeschossenes Wild lag sie nun rücklings am Boden, den Blick auf ihren vor Schmerz tanzenden Peiniger gerichtet. Der besann sich jedoch sofort, zog eine Pistole aus der rechten Jackentasche, schraubte den Schalldämpfer auf den Lauf, den er in der anderen Tasche hatte und humpelte auf Nadja zu. Die riss die Augen auf, als er auf sie zielte.

»Nein, Milan…!«, konnte sie noch sagen.

Die Kugel traf sie dann mit einem eigenartigen »Pluff« mitten in die Stirn. Mit überraschtem Blick sackte sie zusammen. Milan stieß ihr mit dem Dämpfer in den Oberarm. Nachdem sie sich nicht mehr rührte, nahm er den leblosen Körper unter die Achseln und schleifte ihn von der Forststraße weg in den Wald hinein.

Milan kam ganz schön ins Schwitzen dabei. Die Tote hing wie ein nasser Sack an ihm und starrte mit einem unglaublich überraschten Blick gen Himmel, der ihn noch wütender machte. Er ließ Nadja zwischen die hohen Himbeeren krachen und blickte sich um. Niemand war zu sehen oder zu hören. Alles war still ringsum und von der Feuchte des grauen

Herbstmorgens eingehüllt. *Zum Glück*, dachte er, *liegt überall frisches Fichtenreisig herum. Herbststurm ›Richard‹ muss auch hier ganze Arbeit geleistet haben*, dachte er weiter. Schnell hatte er ein paar Äste beisammen, unter denen er Nadja notdürftig verstecken konnte. Als Erstes bedeckte er ihren Kopf mit einem Zweig. Ihren Blick konnte er nicht ertragen. Er begann auch sich zu ärgern. Darüber, dass eines seiner Pferdchen nun nicht mehr zu gebrauchen war. Erwin würde toben, dachte er. Ein Glück, dass Vadim und er auf die zehntausend Euro nicht angewiesen waren. Er hatte ja noch Alexandra. Um die ging es bei diesem Transfer schließlich. Und die würde nun noch mehr spuren. Und dann nichts wie ab über die Grenze! Irgendwie machte ihn der Gedanke froh, schneller als erwartet wieder einmal in seiner rumänischen Heimat einzuschlagen und die Kumpels wieder zu sehen. Vielleicht würde ihn das auf andere Gedanken bringen. Er war auch schon wieder zu lange in Deutschland gewesen, dachte er bei sich. So, nun noch einen Ast für die Füße. Milan blickte sich von der Forststraße noch einmal um und war überrascht. *Das Luder ist ja von hier aus gar nicht zu sehen, super! Und nun ab durch die Mitte!* Sein Schienbein schmerzte noch gewaltig. Das musste wohl unter der

Hose aufgeschürft sein. Milan humpelte so schnell es ging zum Auto zurück.

Vadim staunte nicht schlecht, als Milan alleine zurück kam. Und über den Lehm an seinen Schuhen und den Dreck an der Hose.

»Wo ist Nadja?«, fragte er.

»Die wollte nicht mehr mitkommen! Los … fahr weiter!«

»Hast du sie im Wald gelassen? Du hast sie umgebracht?«, kreischte Alexandra von der Rückbank und erhielt einen Schlag mit der flachen Hand ins Gesicht.

»Halt den Mund, Schlampe, sonst passiert dir dasselbe!«, schrie Milan noch sichtlich außer sich.

Er war wütend, dass die Situation so aus dem Ruder gelaufen war und er so handeln musste. In ihm kreisten die Gedanken. Da konnte er sich ein Wortgefecht mit dem Flittchen nicht leisten. Er hätte sie bei einem falschen Wort umbringen können, so wie diese aufmüpfige Nadja, die ihm in den vergangenen Jahren so viel Gewinn eingebracht hatte. Milan ärgerte sich nun über sich selbst. Er brauchte nun Ruhe zum Nachdenken.

Alexandra, die nun allein war, hatte Angst und fing an zu weinen. Ihre Freundin Nadja! Milan hatte sie glatt weg umgebracht und im Wald liegen lassen!

Das wusste sie. Milan war dazu imstande, war kaltblütig genug. Milan war unberechenbar und jederzeit zu jeder Schandtat bereit. Alexandra konnte es nicht fassen, wagte es aber nicht mehr, irgendetwas zu sagen. Es würgte sie im Hals, sie krümmte sich plötzlich vor Schmerzen und sie hatte Angst, sich übergeben zu müssen. Panik überkam sie. Ihre beste Freundin lag tot im Wald! Wie konnte das nur geschehen? Alexandra wurde fast wahnsinnig vor Schmerz und vor Angst. Sie konnte sich nicht regen, wusste, wenn sie jetzt irgendetwas von sich gab, würde es ihr auch an den Kragen gehen.

Alexandra halt durch!, sagte sie sich. *Erst einmal weg von diesem Monster! Lass es nicht zu, dass er dich auch noch killt!*

Tränen kullerten ihr über die Wangen. Aber das Schluchzen und Schreien, das aus ihr raus wollte, unterdrückte sie scharf, biss sich auf die Unterlippe, bis sie leicht blutete. Hass kam in ihr auf.

Sie dachte bei sich: *Irgendwann bringe ich dich um, ich bring dich um, Milan! Ich schwöre es bei Gott!*

Der Gedanke an Milans Tod beruhigte sie. Sie malte sich aus, wie sie ihm irgendein Gift unterjubeln würde und ihm zuschauen könnte, wie er unter qualvollen Krämpfen, verzweifelt nach Luft ringend und mit schweißnasser Stirn krepieren würde. Sie wurde still und schaute teilnahmslos aus dem Fenster auf das Häusergrau Mühlhausens, das ihr im Novemberniesel leer und trostlos erschien.

2

Unendlich lange schien Alexandra auf der Weiterfahrt nach Erfurt so gesessen zu haben. Der Ekel war einer gleichgültigen Agonie gewichen. Mit dem Ortsschild von Erfurt erwachte sie wieder aus ihrer Starre. Ihr wurde klar, dass es nun nicht mehr lange dauern würde, bis sie aus Milans Würgegriff entkommen konnte. Sie ließ ihren Blick durch's Auto schweifen. Vadim und Milan saßen vorne still da, wie ein altes Ehepaar, das sich schon lange nichts mehr zu sagen hat. Da sah sie Nadjas schwarzes Ledertäschchen auf der anderen Seite der Rückbank liegen und nahm es vorsichtig, damit die vorne nichts merkten, an sich und packte es leise in ihre Umhängetasche. Draußen hatte es wieder angefangen, stärker zu regnen, die Tropfen prasselten auf die Windschutzscheibe, als der BMW über den nassen Asphalt von Erfurts Straßen kurvte. Menschenleere auch hier an jenem Totensonntag.

Das Trio kam im BMW gut durch und näherte sich ihrem Ziel, dieser ansonsten, im Sonnenlicht so grell weißen Vorstadtvilla im Süden Erfurts. Vadim parkte den Wagen vor dem Haus. Die Männer stiegen aus. Milan öffnete die Hintertür und zerrte Alexandra aus dem Wageninneren in den kühlen Novembermorgen. Alle drei schritten die Treppe hoch zum Eingang, Vadim vorne, Milan hinten, um auszuschließen, dass Alexandra nicht auch noch fortlief. Vadim drückte den Messingknopf der Klingel. Die drei mussten gar nicht lange warten. Kurz nach dem ›Ding Dong‹ öffnete ein mittelalter Glatzkopf im blau-goldenen Seidenkimono die Tür.

»Ah, Milan, Vadim! Ich habe Euch schon erwartet!« Er blickte verstohlen auf Alexandra und bemerkte: »Ihr seid nur zu dritt? Was ist passiert? Aber kommt doch erst einmal herein!«

Die drei betraten durch eine kurze Diele den hohen, über zwei Stockwerke reichenden Eingangssaal mit dem Oberlicht. Erwin nahm die beiden Rumänen mit in sein Arbeitszimmer, zu dem es im Parterre links abging. Mit einer Handbewegung bedeutete er Alexandra, dass sie im Salon warten sollte. Unsicher blickte sie sich um. Leises Gepladder der Regentropfen, die auf die Scheiben trafen, war zu hören. Auf der Galerie erblickte sie nun mehrere junge Frauen, die neugierig nach unten schauten.

»So Kinderchen, jetzt habt ihr genug gesehen! Geht wieder auf eure Zimmer!«, befahl eine ältere Blondine, die von der anderen Seite herüber gekommen war. Wie eine Diva schritt sie die Treppe, die von oben in den Salon führte, herunter.

»Na? Du bist also die Neue! Hallo, ich bin Maria!« Maria reichte Alexandra die Hand. Die nahm sie zaghaft und schüttelte sie sachte. »Sollten da nicht zwei Mädchen kommen?«, fragte Maria. Alexandra zuckte mit den Schultern. »Na, egal, dann kannst du dir ja jetzt ein Zimmer aussuchen«, fuhr die Blonde mit dem Aussehen einer gealterten Marylin Monroe fort. »Wie heißt du überhaupt?«

»Alexandra!«

»Ab jetzt heißt du Nina, kapiert? Weißt du Nina, hier hat jede ihren eigenen Raum. Den kann sie sich sogar etwas nach eigenem Geschmack einrichten. Die Arbeitsräume sind unten im Anbau. Dusche und WC hast du selbstverständlich bei dir auf dem Zimmer. Ja, bei uns ist es wie im Hotel! Darauf legen die Kunden besonderen Wert.«

Alexandra war mit Maria hinauf gegangen und betrat nun eines der freien Zimmer. Ein großes, modernes Doppelbett bildete das Zentrum des

14

Raumes. Wohnzimmerschrank, Kleiderschrank, Spiegelkonsole, Minibar, Flachbildfernseher, alles war vorhanden. Ein Fenster und eine Glastür führten auf den kleinen Balkon. Alexandra trat hinaus und blickte in den trüben Morgen, der einige grau getönte Dächer Erfurts zu bieten hatte. Unter ihrem Blick eröffnete sich ein gepflegter Garten mit Rasen, Gehölzen und einer Laube. Weiter konnte sie nicht sehen. Das Zimmer gefiel ihr auf Anhieb.

»Ich möchte hier bleiben!«

»Keine schlechte Wahl, Nina! Also mach dich erst einmal frisch, du findest alles in deinem Bad. Ich komm dann später noch einmal zu dir!«

Maria verließ das große Appartement und schloss die Tür hinter sich. Alexandra war allein und ließ sich erst einmal wie tot auf das Bett fallen und begann, zu schluchzen und am ganzen Leib zu zittern. Mit einem Mal tat ihr wieder alles weh und sie krümmte sich, zog die große Bettdecke über sich zusammen und igelte sich ein, zusammengekauert wie ein Fetus im Mutterbauch. Sie weinte in die Decke hinein, wie sie nie geweint hatte, und umklammerte sie mit verkrampften Händen.

So musste sie eingeschlafen sein, denn sie erwachte von lauten Stimmen vor ihrer Tür. Erschrocken richtete sie sich im Bett auf, vernahm nur etwas von »Fünfzigtausend Euro, mehr nicht« und andere Gesprächsfetzen, wie »mit mir nicht!« Es war Erwin, der da sprach. Und es war Erwin, der kurz anklopfte und unvermittelt die Tür öffnete, gar nicht auf ein »Herein« gewartet hatte.

»So, du hast dir also das schöne Eckzimmer ausgesucht. Recht so, recht so, mach es dir nur gemütlich!«

Erwin war nun in einen anthrazitfarbenen Anzug gekleidet, hatte sich eine gestreifte Clubkrawatte umgebunden. Im hellen Tageslicht sah man nun, dass er doch keine volle Glatze hatte. Ein Kranz feiner rotblonder Haare umrahmte seine Platte und gab ihm ein wichtiges Aussehen.

»Deine rumänischen Freunde haben bekommen, was sie wollten. Die haben sich auf den Weg in die Walachei gemacht!« Erwin lachte verächtlich über seinen Witz.   »Wenn du Hunger hast, in einer Viertelstunde gibt es Mittagessen neben der Küche unten rechts. Du bist doch sicher schon auf die anderen Mädchen gespannt, oder? Danach möchte ich mich mit dir noch etwas beschäftigen. Du wirst mir in meinem Büro zur Verfügung stehen. Ich bin übrigens Erwin.« Als keine Antwort kam, fuhr er fort: »Deinen   Namen   kannst   du   natürlich beibehalten, ich habe das mit Maria geklärt. Eine Alexandra passt mir ganz gut ins Konzept!« Ohne eine Antwort abzuwarten, drehte sich Erwin um und verließ das Eckzimmer wieder.

Stunden später. Es war schon lange dunkel draußen. Alexandra stand in ihrem neuen großen Zimmer und war endlich allein. Sie hatte die Gardine etwas zur Seite geschoben und schaute aus einem der Fenster. Alles war nun in Nebel gehüllt, man konnte kaum die andere Straßenseite erkennen. Die Nebelsuppe wurde golden angestrahlt von den Straßenlaternen. Auf den Gehwegen war niemand zu sehen. Eine ruhige Gegend eben, in der sie sich nun befand. *Das soll also meine neue Arbeitsstätte sein*, dachte Alexandra. Am Morgen war sie noch im Vierbettzimmer im Anbau des ›Copa Cabana‹ in Eschwege aufgewacht. Und nun dieses Luxus-Appartement. Was war es gleich gewesen, dass sie so besonders machte? Ihr kühler Gesichtsausdruck habe sie so unnahbar und geheimnisvoll gemacht, sagte ihr Erwin. Im Ledersessel in seinem Arbeitszimmer durfte sie es sich bequem machen. »Zigarillo, Whisky?«, hatte er sie gefragt. Als wäre sie eine Geschäftspartnerin. Die Rollen waren jedoch vollkommen klar. Erwin hörte sich gerne reden und sie hatte besser den Mund zu halten, hörte sich an, was er ihr unterbreitete. In seinem Club verkehre das seriöse Publikum. Seine Kundschaft bestehe auf Damen, die ihnen intellektuell wenigstens ebenbürtig seien, die sie auch einmal zu Empfängen mitnehmen könnten. Die Dame für den gepflegten Anlass eben, sexuelle Abenteuer inbegriffen. Die Dame fürs Hirn, die Herausforderung für den Herrn, die den Kunden beim ersten Rendezvous auch einmal hinhalten dürfe. Die sich nicht gleich hingebe. Das wäre vielen zu billig. Gepflegte Konversation solle sie führen können. Und genau das hätte Erwin bei ihr sofort bemerkt, als er sich im ›Copa Cabana‹ umgeschaut habe. Dieses gewisse Etwas in ihrem Ausdruck, dieser Stil! Er habe sie einfach haben müssen. Da sei es egal gewesen, dass Alexandra nur im Doppelpack mit ihrer Freundin zu haben gewesen sei. Wie hieß sie doch noch gleich? Ach ja, Nadja! Hattet ihr nicht auch einmal eine kleine Ausnahmeturnerin, die so hieß? *Mit ›ihr‹ meinte er wohl die Rumänen!*, dachte Alexandra etwas angewidert von Erwins plumper Annäherung. Dass Nadja nun doch nicht mitgekommen sei, wäre gar nicht so schlimm gewesen. Er hätte sie ohnehin nicht im gehobenen Segment unterbringen können. Dafür hatte sie einen zu gewöhnlichen Eindruck auf ihn gemacht, damals im »Copa Cabana«. Für sie hätte er nur in seinem anderen Etablissement in Erfurt-Nord Verwendung gehabt. *Für diese Abwertung hätte dieser Erwin einen Schritt zwischen die Beine verdient!*, dachte Alexandra voller Wut.

»Aber dass dieser Milan so dreist war, den Preis für euch beide zu verlangen, wo doch Nadja gar nicht mehr dabei war? Einfach eine Unverschämtheit. Was bildet sich dieser rumänische Bastard ein? Vertrag wäre Vertrag!?«

Rumänischer Bastard, genau das hatte Erwin gesagt! Endlich mal einer, der diesem räudigen Hund Milan Paroli geboten hat, dachte Alexandra.

Eine Unverschämtheit sei es gewesen, dass dieser Milan zunächst nicht gehen wollte. Der habe die fünfzigtausend schon in der Tasche gehabt und die Frechheit besessen für diese Nadja, die er gar nicht dabei hatte, die volle Summe zu verlangen. Unglaublich, dass er erst Gerd, seinen Leibwächter, habe hinzubitten müssen, um die beiden Herren herauszubegleiten. Erwin hatte sie wegen dieser Vorkommnisse Hilfe suchend angeblickt. Dann war er plötzlich umgeschwenkt und es wurde geschäftlich. Die Hälfte der Honorare ginge an ihn, kam er gleich zur Sache, die andere Hälfte an seine

Angestellten, wobei 10 Prozent sofort ausbezahlt würden. Vom Rest gingen ein Teil ab für Kost und Logis. Alles andere werde auf ein Sperrkonto einbezahlt. Das Geld erhalte sie nach Ablauf der Vertragslaufzeit mit Zinsen zurück. Alexandra hatte nicht geglaubt, was sie da hörte. Sie musste ganz schön blöd ausgesehen haben und hatte erst einmal an ihrem Whisky genippt. Zur Sicherheit, das sei ja wohl selbstverständlich, behalte er natürlich ihre Papiere ein. *Darin gleicht er allen anderen Club-Magnaten*, hatte sich Alexandra gedacht. Freizeit habe sie, hatte er mit einem gönnerhaften Lächeln noch nachgeschoben. Die könne sie mit den anderen Mädchen zusammen verbringen. Und in Begleitung von Gerd oder Jochen. »Man weiß ja nie, in welche Situation ihr Mädchen so geratet!« Und da sei es gut, einen starken Mann hinter sich zu wissen. Im Übrigen wäre die Zeit mit den Kunden ja auch nichts anderes als Freizeit, gut bezahlte noch dazu. Und was das für gepflegte Leute seien. Wenn es die Mädchen gut anstellten, könnten sie von seinen Kunden so einiges dazulernen. Und dann hatte Erwin angefangen, an den Fingern seiner Hände aufzuzählen, wo die Kunden überall her kommen: Staatsbeamte und höhere Angestellte aus den Ministerien, Landtagsabgeordnete, gestandene

Doktoren und Rechtsanwälte aus den Kanzleien, Firmenschefs und ihre Vertreter, samt ausländischer Geschäftsleute und Delegationen, Universitäts-Professoren und und und. Sogar der eine oder andere Geistliche sei darunter.

Mein Gott!, dachte Alexandra. *Ich bin gespannt, wie das weiter geht! Wenigstens bin ich erst einmal raus aus dieser Eschweger Klitsche! Ficken in alle Löcher bis zum Abwinken! Und dann Dieter, dieser verdammte Scheißkerl! Den haben wir doch reich gemacht, Nadja, ich und die anderen Mädchen! Und unsere Kohle haben wir nur für das Nötigste gekriegt! Den Rest wird der nun verprassen. Davon werde ich nach dem Deal, den er mit Erwin hatte, nichts mehr wiedersehen! Dieter, fast so ein Schwein wie Milan. Hoffentlich begegnet mir dieser schleimige Typ nicht noch einmal in meinem Leben! Höchstens, wenn ich dann oben auf bin! Dann kann er was erleben!* Alexandra hatte sich auf ihr großes Bett gesetzt. Plötzlich rannen ihr Tränen über die Wangen, machten Spuren in ihr Make-up. Sie sackte vorn über, vergrub ihren Kopf zwischen den Händen, schluchzte laut!

Nadja!, dachte sie laut. *Wie konnte ihr Milan das nur antun? Sie war so voller Leben. Und als sie da so neben mir im Auto saß, waren wir doch noch so glücklich! Ich konnte es bei Dieter so einrichten, dass nicht ich alleine nach Erfurt verkauft würde. Die Chance war groß, ihm endlich mal die Krallen zu zeigen! Ohne Nadja gehe ich nicht! Ich hör mich das noch sagen und gleichzeitig bekam ich diesen empörten Blick zugeworfen. Wie ihm da die Kinnlade runtergegangen ist! Der wusste genau in diesem Augenblick, dass er bereits verloren hatte! Es stand für ihn einfach zu viel auf dem Spiel. Er musste auch Nadja, seine Nadja, gehen lassen, wenn der Deal klar gehen sollte. Wie viele seiner Kunden kamen nur wegen ihr, wegen ihrer frischen und ehrlichen Art. Und natürlich, weil sie einfach nur geil aussah! Aber für mich sprang einfach zu viel Kohle heraus. Und Erwin schien auch noch etwas gut zu haben bei Dieter. Also musste er Nadja gehen lassen. Oh, ich war so froh, als Nadja es mir sagte! Endlich konnte ich auch einmal etwas für sie tun! Sonst war sie immer den anderen ein Kumpel, dachte nie an sich, freute sich, wenn sie jemandem einen Gefallen tun konnte. Ja, Nadja, liebe Nadja!*

Alexandra legte sich hin, nahm sich eines der Kissen und umarmte es fest, winkelte die Knie an und zog sich die Decke bis zu den Schultern.

3

So musste sie wieder eingeschlafen sein. Denn in genau derselben Haltung wachte sie wieder auf. Es war aber noch dunkel. Lange konnte sie also nicht gelegen haben, schoss es ihr durch den Kopf. Aber sie hatte geträumt und sie hatte die Bilder noch im Kopf: Sie saß mit Nadja auf der Holzbank vor dem Haus ihrer Großmutter in den Bergen. Sie schauten ins Tal hinab und lachten dabei. Wie glücklich sie ausgesehen hatten! Sie hatte ihren Strickpullover an und eine dieser dunkelblauen Jeanshosen, Importware aus der DDR. Nadja in einem roten Kleid. Darüber eine bestickte, schwarze Strickjacke. Sie waren blutjung, sechzehn vielleicht, und so glücklich. *Dabei hatte ich erst Bedenken, ob ihr das gefallen würde, dort oben in der Abgeschiedenheit!,* dachte Alexandra wieder bei sich. *Nadja war doch eher der städtische Typ. Und Verwandtschaft hatte sie ja keine. Als Heimkind? Mein Gott, welch armes Leben hatte sie führen müssen, bis sie 14 war! Zum Glück hat sie dort dann dieser Parteibonze entdeckt, wie hieß er doch gleich? Ach ja, Marius Constantin! Der hat sie rausgeholt und ihr den Platz im Internat verschafft. Wie sie da plötzlich in der Klasse stand, in ihrem pastellgelben Kleid und der beigefarbenen*

Strickjacke darüber. Das war damals schon ihr Stil gewesen. Die Schuluniform hatte sie erst später bekommen. »Das ist Nadja, eure neue Mitschülerin.« So stellte sie Direktor Gheorghe uns Mädchen vor. Nadja hatte überhaupt keine Angst, lächelte uns total unbefangen an. Wie stark sie war, als ob ihr niemand etwas könne. Ich musste sie unbedingt kennenlernen. Das wusste ich damals schon. Bei uns war dann auch noch eines der Betten frei. Und so kam sie zu mir aufs Zimmer. Sie war so neugierig und wollte alles wissen. Dass ich ihr aufgeschlossen gegenübertrat, hatte sie gleich gemerkt. Die anderen waren da distanzierter, wollten mit einer aus dem Heim nichts zu tun haben.

Alexandra blickte noch einmal auf die Straße, auf der sich immer noch nichts bewegte. Nicht einmal der Nebel, der an Dichte noch zugenommen zu haben schien.

Mit Nadja war einfach alles besser, sinnierte Alexandra weiter. *Sie saß dann ja auch mit mir in einer Schulbank. Wir lernten zusammen, machten zusammen Quatsch. Nur ihre nächtlichen Ausflüge! Da konnte ich nicht mithalten. Ich hatte einfach zu große Angst. Hab lieber Schmiere gestanden an der Mauer, dass niemand ihre Klettereien bemerkte. Erst ging es ihr nur darum, in die Disco zum Tanzen zu kommen. Dort lernte sie dann ihren Freund Rafael kennen. Und dann ging es nur noch zu ihm abends. Aber Freundinnen blieben wir trotzdem. Sie erzählte mir alles, was sie da draußen erlebte. Auch wie sie mit Rafael zum ersten Mal Sex hatte. Auf einem der alten Steingräber auf dem Friedhof. Immerhin hat er ihr seine Jacke untergelegt. Toll soll es nicht gewesen sein. Aber ich war so neidisch deshalb, dass sie diese Erfahrung schon gemacht hatte. Andererseits hatte ich danach noch mehr Angst vor Männern.*

Erst viel später kam ich dann mal mit. Was hab ich mir fast in die Hose gemacht, als sie mich das erste Mal über die Mauer geschupst hat und wir dann erst einmal im nächsten Gebüsch verschwunden sind. Danach waren wir so übermütig, haben nur gelacht, dass es durch die Gassen schallte. Toll war, dass die Mädchen freien Eintritt hatten in der Disco. The Universe hieß der Schuppen. Und einen Drink gab es auch noch kostenlos. Rafael war nicht da an dem Abend und wir haben getanzt, bis wir nicht mehr konnten. Die Musik war ja nur vom Besten. Fast alles nur amerikanische Popsongs. Michael Jackson haben die oft gespielt, aber auch alte Hits von den Stones. Mr. President war auch toll. Alle Typen haben uns nur angegafft, wollten mit uns tanzen. Wir

25

haben aber nur mit denen gespielt, keinen an uns ran gelassen. Schließlich waren wir zusammen dort gewesen und wollten auch zusammen Spaß haben. Mit Nadja hab ich mich so sicher gefühlt und konnte mich auch mal gehen lassen. Wie schön aber war's, als ich ihr auch einmal meine Welt zeigen konnte, als wir bei Großmutter waren auf dem Hof, wo es zum Waschen kaltes Wasser gab. Nur zum Haare waschen wurde Wasser in einem großen Topf heiß gemacht. Aber die Luft war so rein dort oben in den Bergen. Und der Käse und das selbst gebackene Brot, der Schinken, die luftgetrockneten Würste und die Räucherforellen von Großpapa, alles hat so intensiv geschmeckt. Es war für mich das Größte, dass ich Nadja auch einmal imponieren konnte und dass es ihr so unglaublich viel wert war. Auch mit mir durch die Wälder zu streifen. Ich zeigte ihr die dunkelsten Stellen im Wald und die dicksten und knorrigsten Buchen. Wir schlüpften durch Höhlengänge und bewunderten Tropfsteine. Wir erlebten gemeinsam die Blüte der Bergwiesen und den Ruf der Wölfe in der Nacht. Wir streiften bei Vollmond umher und schliefen einmal draußen auf einem Hügel, um den Sonnenaufgang zu erleben. Hatten Decken mitgenommen und uns auf ein bequemes Plätzchen gelegt. Am Bach gab es eine

Stelle, wo man unbeobachtet baden konnte. Wenn es im Sommer brütend heiß war, konnten wir uns dort nackt ausziehen und in dem Becken unter dem kleinen Wasserfall ins eiskalte Wasser vortasten. Nachher lagen wir wie die Heringe auf dem Kies und sonnten uns. Von da an schaute mich Nadja mit anderen Augen an. Sie merkte, wie reich ich war, weil ich das alles ja schon kannte. Ebenso wie sie ihre geheime Welt in der Stadt, so hatte ich mit ihr die Schätze der Natur geteilt. Von da an waren wir noch engere Freundinnen gewesen.

Und nun liegt sie dort, irgendwo in diesem Wald bei Mühlhausen und ich kann nicht zu ihr. Wenn ich bloß ausgestiegen wär! Ich glaube nicht, dass Milan auf mich auch noch geschossen hätte. Ach, stimmt ja, er hatte ja die Kindersicherung runter gemacht. Ich wäre ihm sowieso nicht entkommen!

Alexandra war verzweifelt und hundemüde mit einem Mal. Sie legte sich unter die Decke, klammerte sich an das Kissen und zog die Beine an, so elend war ihr immer noch. Sie musste so eingeschlafen sein.

4

»Hallo zusammen!«

Die ›Hainich-Biker‹ standen mit ihren Rädern in der gewohnten Runde auf dem Parkplatz am Waldrand. Die Radler hatten das neue Gesicht in ihren Reihen schon beim Einfahren bemerkt und ihm freundliche Blicke zugeworfen oder mit kurzem »Hallo« begrüßt. Markus, der ›große Vorsitzende‹ des immerhin zwanzig Mitglieder umfassenden Clubs, hatte nun die holde Aufgabe, den Neuen vorzustellen.

»Ja, wie ihr alle schon mitbekommen habt: Wir haben einen Neuen im Club. Das ist also der Andreas. Wie ihr bestimmt schon alle registriert habt, hat sein schönes azurblaues Bike eine gefederte Gabel und einen gefederten Sattel.«

Die Gruppe antwortete mit lautem Gejohle.

»So was hat nicht jeder von uns! Ich schlage deshalb vor, ihn ab sofort ›Federn-Andi‹ zu nennen.«

Wieder hallte das Gejohle der Gruppe in den noch nebelfeuchten Wald hinein. Andreas lächelte über so viel Beifall.

»Schreiten wir zur Taufe!«, fuhr Markus fort. »Wie immer bei männlichem Gruppenzuwachs übernehmen das zwei von den Frauen…«

Anne und Brigitte ließen sich das nicht zweimal sagen. Die Blonde und die brünette Langhaarige stellten ihre Räder ab und schmierten ihre Hände am Boden mit Lehm voll. ›Federn-Andi‹ konnte gar nicht so schnell gucken, da hatte er den Dreck schon an der Backe und zwei heiße Begrüßungsküsse an der rechten und linken Wange. Wieder jubelte die Gruppe laut und einer nach dem anderen trippelte mit dem Rad zu Andi heran und schüttelte ihm die Hand.

Markus fuhr fort: »Andi, damit bist Du feierlich in unserem Club aufgenommen. Dein Name soll fortan als ›Federn-Andi‹ in die Geschichte eingehen!«

Markus umarmte den Neuen herzlich und erklärte ihm dann die Clubregeln:

»Wir treffen uns jeden Sonntagmorgen hier an der Prinzenbank und fahren bis Mittag. Die Gruppen finden sich von selbst zusammen. Die Schnellen sind meist wir Kerle, bei den Mädels geht es in der Regel gemütlicher zu. Jeder nach seiner Fasson. Und Hauptsache aber, dass keiner alleine fährt und alle Spaß haben! In diesem Sinne: ›Gut Runst!‹«

Die Gruppe antwortete mit lautstarkem »Gut Runst!«

Das war das Zeichen für den Aufbruch und die Gruppe setzte sich in Bewegung. Schotter knirschte und die Radler machten richtig Wind im Wald, allen voran die Männer um Markus und Hans-Peter. Andi reihte sich in der Mitte ein und fuhr neben ›Zopf-Brigitte‹ und ›Bubi-Anne‹, die ja schon reges Interesse an dem Mittdreißiger-Single gezeigt hatten. Die drei lächelten sich an und genossen die frische Waldluft, den nebelfeuchten Fahrtwind im Gesicht. Die Fahrt ging erst einmal bergauf, dann bog Markus nach rechts ab und schoss in Richtung Waldfrieden.

Am Abzweig fuhr Bernd von hinten an Markus heran: »Ich muss mal austreten!« »Pinkelpäuschen!«, rief Markus nach hinten und die Gruppe ging in die Eisen, Schotter spritzte, alle stiegen ab, nutzten die Gelegenheit für einen Schluck aus der Plasteflasche oder ein Schwätzchen. Andi drückte ebenfalls die Blase. Er verkrümelte sich in die andere Richtung und hatte auch schon ein Ziel entdeckt. Der große Reisighaufen am Weg sollte es sein. *Praktisch, die Radlerhosen, man braucht sie nur herunterziehen und schon geht's los,* dachte Andi noch, da plätscherte es auch schon in das frische Grün. Er war noch nicht fertig, da erstarrte er zur Salzsäule. Der Schrecken blieb ihm im Hals stecken. Lugte da nicht eine Hand aus dem Reisig? Schnell zog er die Hosen wieder hoch und ging mit klapprigem Schritt die zwanzig Meter zur Gruppe zurück. Die war in eine fröhliche Unterhaltung vertieft. Doch ein Blick genügte Markus, um zu erkennen, dass mit Andi etwas nicht stimmte.

»Was ist denn mit Dir los? Du bist ja kreidebleich!«, fragte er ihn halblaut.

Andi kam ganz nah und flüsterte Markus ins rechte Ohr: »Markus, komm mal bitte mit, ich muss Dir was zeigen!«

Markus war sofort klar, dass es sich um etwas Ernstes handeln musste. Er war schließlich für seinen Spürsinn bekannt. Beide gingen, von den anderen, die immer noch Witze machten, unbemerkt zu dem Reisighaufen und Andi zeigte mit halb erhobenem Finger auf die Hand, die aus den wild übereinander getürmten Nadelästen herausragte.

»Scheiße!«, entfuhr es Markus halblaut.

Die beiden begannen nun wie auf einen Wink, die Äste abzutragen. Zum Vorschein kam die erstarrte Nadja, die Augen weit aufgerissen, der dunkle Schopf am Hinterkopf voller Blut, der hübsche, rot geschminkte Mund wie vor Verwunderung halb offen, der linke Arm nach oben und der rechte unter ihrem schlanken Körper nach unten verdreht, die

Knie unter der Strumpfhose leicht angewinkelt. Markus beugte sich herab, fühlte an Nadjas Hals.

»Die ist eisekalt!«, kam es aus ihm hervor. »Die muss schon länger tot sein!«, sagte er halblaut zu Andi.

Dem schossen die Tränen in die Augen und er begann leicht zu wimmern. Da kam Brigitte heran, die ihren neuen Schwarm schon vermisst hatte.

»Was macht ihr denn da?«, fragte sie fast vorwurfsvoll und bekam schroff eine Antwort, die sie nicht erwartet hatte.

»Geh da jetzt bloß nicht hin!«, rief ihr Markus zu.

Brigitte sah Nadja schon von weitem liegen, als sie das hörte und schlug plötzlich die Hand vor ihren Mund, um nicht laut zu schreien. Der nun schon in Tränen aufgelöste Andi ging auf sie zu und fiel ihr in die Arme. Markus hatte bereits sein Handy aus der Gürteltasche geholt und die Notrufnummer gewählt. Der Handy-Empfang war im Umkreis vom ›Waldfrieden‹ ja bestens.

»Polizei? Hallo! Hier spricht Markus Endlicher von den Hainich-Radlern. Wir haben hier am Waldfrieden eine Leiche gefunden!« Markus Stimme wurde ganz heiser, als er das sagte. »Ja, eine junge Frau liegt hier, die ist schon ganz kalt und starr«, antwortete er auf eine Gegenfrage. »Bitte kommen Sie schnell!«

Die arme Nadja hatte er bereits wieder mit ein paar Zweigen zugedeckt, um den anderen den schlimmen Anblick zu ersparen. Die saßen nun mit betretenen Mienen am Boden, einige schluchzten, andere hielten sich umschlungen, es wurde geweint, die Jungs wussten nicht, wohin sie schauen sollten, unterhielten sich nun mit Markus, der sich wieder gefasst hatte.

»Einer muss der Polizei entgegen gehen!«, sagte er.

Die Rolle übernahm Bernd. Keine zehn Minuten später kam er vom ›Waldfrieden‹ auch schon mit dem grün-weißen Streifenwagen zurück. Die Kollegen Zöllner und Zimmermann, die an diesem Morgen auf Streife waren, hatten ihn mitgenommen, damit er den Weg zeigen konnte. Sie stellten ihr Fahrzeug, das nur das Blaulicht an hatte, an der Kreuzung vor der Gruppe ab. Markus ging auf die beiden zu, stellte sich vor und begleitete sie in Richtung des Zweigehaufens. Die Beamten hatten Absperrband mitgenommen, sahen sofort, was los war und sperrten weiträumig den Fundort ab, klopften hier und da Stangen in den Boden und wickelten das rot-weiße Plasteband mit der Aufschrift ›Polizei‹ darum, bis ein großes Karrée entstand. Beide kümmerten sich dann um die Gruppe.

»Wer hat die Leiche gefunden?« fragte Zöllner in den Raum. »Ich!«, kam es mit holpriger Stimme von Andi Vogler.

»Er hat sie mir dann gezeigt.« ergänzte Markus Endlicher.

»Dann halten Sie sich bitte hier zur Verfügung, bis die Kripo aus Nordhausen eintrifft!«, bat Zöllner. »Dasselbe gilt auch für die anderen!«, richtete er sich an die Gruppe. »Und bleiben Sie bitte hier an der Kreuzung, damit keine Spuren verwischt werden!«

5

Knirschend trabten die beiden Freundinnen nebeneinander auf dem Schotterweg durch den Wald. Die Kronen der alten Bäume waren zum Teil schon braun verfärbt. Beide Frauen waren Mitte dreißig, schlank, die eine blond, mit zusammengebundenem Haar, die Jacke rosa mit weißen Streifen, die Leggings schwarz, die andere brünett, mit bunt gemustertem Schweißband und Rot zur schwarzen Hose. Beide waren in ein angeregtes Gespräch vertieft:

»Wo kommt er noch mal her, Dein Chef aus dem Westen?« fragte die dunkelhaarige Britt.

Carola Henning schaute auf. »Nein, doch nicht aus dem Westen!« Die Ironie hörte man geradezu aus ihren nicht vorhandenen Knopflöchern springen. »Aus Bayern, zumindest betont er das immer, der Herr Wildmoser! Das sei etwas ganz anderes, sagt er! Als erfahrener Kriminaler sei er von der Mordkommission in Passau zu uns gekommen. Um uns zur Seite zu stehen!« Carola Henning ließ einen etwas zweifelnden Blick zu ihrer Freundin herüberwandern. »Als ob es bei uns keine Morde gegeben hätte! Aber mit den Ausländern kennt er sich wirklich aus!« fügte sie anerkennend hinzu. »Diesen Cocktail an Nationalitäten und Befindlichkeiten kannten wir ja bisher nicht in unserem abgeschotteten kleinen Zirkel sozialistischer Bruderländer! Da ist ja nach der Wende einiges an brutaler Kriminalität zu uns rüber geschwappt. Das kannten wir nicht in dem Ausmaß!«

»Und nun hat der nach acht Jahren die Verantwortung an Dich mal abgegeben?« Britt musste lachen und Carola erwiderte mit einem zynischen Lächeln.

»Ja, unglaublich! Der passionierte Angler hat sich doch tatsächlich ins Wochenende in sein geliebtes Oberbayern verabschiedet, um Hechte zu angeln, sagt er!«

Britt zwinkerte ihr zu: »Pass auf, vielleicht bringt er Dir ja einen mit!«

Die beiden waren nun schon aus dem Wald wieder herausgelaufen und joggten auf dem asphaltierten Gehweg mit Blick auf die Nordhäuser Altstadt, oder das, was die Bomber im April 1945 von ihr übrig gelassen hatten, in Richtung ihrer heimischen Wohnungen weiter.

Carola Henning blickte etwas finster: »Jedenfalls habe ich Dienstbereitschaft an diesem Wochenende! Zusammen mit Susi!«

Jäh wurde das angeregte Gespräch durch ein lautes, schrilles Piepen unterbrochen. Carola Henning trabte kurz aus, nahm das Funkgerät, das sie sich um die Hüfte gebunden hatte hinter dem Rücken hervor und drückte die Meldetaste.

»Frau Henning?«

»Ja, hier Henning!«, antwortete sie.

»Einsatz in Mühlhausen. Leichenfund im Stadtwald westlich von Peterhof. Die Frau wurde erschossen

36

aufgefunden. Die Kollegen der KTU habe ich schon angefordert. Die sind mit einem Wagen dorthin unterwegs, eine Streife ist vor Ort und hat den Fundort abgesperrt«, knisterte die Stimme aus der Einsatzzentrale durch die Hörerlöchelchen.

Henning blickte etwas ärgerlich. »Gut, es könnte etwas dauern, ich bin noch etwa einen Kilometer von zu Hause weg. Sagen Sie bitte Frau Blumenthal Bescheid, ich hole sie dann von zu Hause ab!«

Sie steckte das Sprechgerät wieder in seine Halterung und schaute ihre Freundin traurig an: »Tja, Britt, das wird nun wohl nichts mit dem gemütlichen Frühstück bei mir!« Beide liefen noch ein Weilchen nebeneinander her, dann trennten sich ihre Wege. Britt bog zu ihrer Zweiraumwohnung im Brahmsweg ab, Carola lief geradeaus weiter zu ihrer Wohnung in der Richard-Wagner-Straße.

»Halt mich auf dem Laufenden«, rief ihr Britt noch zu. »Du kannst ja heut Abend anrufen!«

Zuhause angekommen und die Treppen bis in den dritten Stock des Platten-Neubaus im Laufschritt genommen, zog sie kurz ihre verschwitzten Sachen aus, wusch sich im Bad mit dem kalten Lappen ab und streifte sich schnell frische Unterwäsche und bequeme Dienstklamotten über. Einen dezenten Spritzer Eau de Kenzo an jede Halsschlagader, einen ihrer Düfte brauchte sie eigentlich meistens, um sich wohlzufühlen, dann noch die Pistole umgebunden, Dienstmarke eingesteckt, Diensttasche geschnappt und schon war sie auf dem Weg zum Auto, für das sie direkt vor dem Haus einen Parkplatz gefunden hatte.

6

Acht Monate später:
Die Mädchen vom Begleit-Service saßen nach dem Abendessen noch in der Sitzecke im Aufenthaltsraum zusammen. Alexandra hatte an diesem Abend keinen Kunden. Zurzeit war im Club Flaute, wie immer in den Sommerferien. Brigitte hatte wieder einmal ihre unnachahmliche Gemüsepizza gebacken. Die Mädchen waren guter Laune, lachten durcheinander, hatten sich alkoholfreie Drinks gemixt, nebenbei lief der Fernseher.

»Meine Damen und Herren, im nächsten Fall bittet uns die Kriminalpolizei Nordhausen um Ihre Mithilfe.«

Will Martins, der smarte und ausgesprochen telegene Fernsehmoderator von »Täter gesucht«

wandelte durch sein Aufnahmestudio zu einem Stehpult am Rande. Dort wartete schon Carola Henning auf den Mittvierziger. Die sah in ihrem grauen Hosenanzug und der weißen Bluse darunter noch förmlicher aus als sonst im Dienst. Die Maske hatte sie mit Rouge, Cajal, Lippenstift und Wimperntusche jedoch deutlich aufgehübscht.

»Am 29. November vergangenen Jahres wurde im Stadtwald bei Mühlhausen die Leiche einer jungen Frau gefunden«, leitete Martins über.

Alexandra fuhr es eiskalt den Rücken hinunter vor Schreck, als sie das hörte. Mit einem Schrei sprang sie auf, schnappte sich die Fernbedienung. »Seid doch mal leise«, herrschte sie ihre Freundinnen an, und machte gleich um zehn Striche lauter. Carola Henning hatte währenddessen schon begonnen, von dem Fall zu berichten. Gleichzeitig war nun ein Bild der toten Nadja auf einer Bildtafel daneben zu sehen. Alexandra hielt sich die Hand vor den Mund, war ganz nah an den Bildschirm gerückt und lauschte. Im Wohnzimmer war nun Stille eingekehrt. Die Mädchen schauten neugierig auf, wollten wissen, was mit Alexandra plötzlich los war. Inzwischen hörte man Carola Henning in sachlichem Ton eine Beschreibung der Toten abgeben:

»Die Unbekannte ist ein Meter sechsundsechzig groß, schlank, hat dunkelbraunes, schulterlanges Haar, dunkelbraune Augen. Sie trug einen schwarzen Minirock, eine seidene Bluse mit Leopardenmuster und eine hüftlange dunkelbraune Alpaka-Pelzjacke. Bei der Kleidung handelt es sich ausschließlich um verbreitete Markenware. Auffällig sind ihre schwarzen, knöchelhohen Wildleder-Stiefeletten der Marke ›San Lorenzo‹ mit etwa fünf Zentimeter hohen Pfennigabsätzen. Diese Designer-Schuhe wurden nur in wenigen Geschäften in Deutschland angeboten. Sie könnten natürlich auch im Ausland als Geschenk gekauft worden sein. Das Alter der Toten schätzen wir auf fünfundzwanzig Jahre. Besondere Kennzeichen hat sie keine. Untersuchungen haben ergeben, dass sie häufigen Geschlechtsverkehr hatte. Möglicherweise entstammt sie der Prostituiertenszene. Die Frau wurde von vorne in den Kopf schossen und muss sofort tot gewesen sein. Wir haben ein Projektil vom Kaliber 9 mm gefunden, das noch in ihrer Schädeldecke steckte. Es entstammt einer russischen Makarov-Pistole. Waffen dieses Typs sind bei der Roten Armee verbreitet, werden aber international gehandelt. Was die Identität der Toten anbetrifft, tappen wir jedoch noch vollkommen im Dunkeln.

Nachforschungen im Rotlicht-Milieu haben bislang zu keinen Erkenntnissen geführt. Darum bitten wir die Bevölkerung um Mithilfe.«

»Vielen Dank, Frau Henning«, übernahm nun Martins wieder das Wort. »Liebe Zuschauer, wenn Sie die Tote kennen, melden Sie sich bitte mit ihren sachdienlichen Hinweisen bei uns im Aufnahmestudio oder direkt bei der Kripo Nordhausen. Es werden auch Schuhhändler gebeten, sich zu melden, die im Zusammenhang mit den Designer-Stiefeletten auffällige Beobachtungen gemacht haben oder sich an den Käufer erinnern können. Der Kontakt wird unten eingeblendet. Fahren wir nun fort mit einem unserer Filmbeiträge…«

Alexandra hatte ausgeschaltet. Ihr liefen die Tränen über beide Wangen. »Das war Nadja!«, sagte sie mit fast erstickter Stimme zu den sprachlosen Mädchen. Brigitte legte ihren Arm um die zutiefst erschütterte Alexandra. Nun war es also endgültig und alle Hoffnung vorbei. Bis dahin hatte Alexandra noch gebetet, Nadja hätte vielleicht doch schwer verletzt überlebt und hätte sich retten können. Sie ließ sich von Brigitte auf ihr Zimmer begleiten.

»Das war also die Nadja, von der Du mal erzählt hast! Ihr wart Freundinnen, stimmt's?«

Alexandra nickte stumm.

»Alexandra, das tut mir so endlos leid! Kann ich noch irgendetwas für Dich tun?« Alexandra saß zusammengesunken auf ihrem Bett. »Es geht schon, danke Brigitte. Weißt Du, ich würde ja so gerne bei den Bullen anrufen, damit endlich alles auffliegt. Ich weiß, wer sie ermordet hat! Und wenn ich den schon nicht killen kann, so soll der wenigstens in den Knast. Aber, wenn ich das mache, dann schieben die mich glatt nach Rumänien ab. Und wohin soll ich da gehen? Nach Hause vielleicht? Da haben mich seine Kumpel doch gleich beim Wickel. Oder die tun meiner Mutter was zu Leide! Brigitte, wenn es heute ruhig bleibt im Club, kannst Du da bei mir schlafen?« »Keine Angst, Mädchen, ich bleib bei Dir!« Brigitte strich ihr übers Haar. »Das kriegen wir schon wieder hin!«

7

Zwölf Jahre später.

»Oh jah, ich liebe Dich, ich liebe Dich,«, schrie Nicole. »Matti, mach weiter, mach weiter«, raunte sie ihm noch ins Ohr.

Matthias stieß, was das Zeug hielt. Endlich hatte er es geschafft. Nach der Kirmesfeier war er mit seiner Nici in seinem Golf fortgefahren, allein. Ohne dass noch irgendeine Freundin von ihr oder einer seiner Kumpel oder Kirmesbrüder mit dabei war, die sich sonst nie von ihm und seinem grellgelben, hochgetunten und tiefer gelegten Fahrzeug trennen konnten. Nach Hause bringen! Von wegen! Matthias hatte Nici noch etwas sagen wollen und war nicht direkt in die Oststraße abgebogen, sondern aus dem Ort in Richtung Küllstedt rausgefahren, hatte seinen Boliden dann hinter einem der monströsen Windräder abgestellt. Er war sich so sicher gewesen. Und Nici schien nur darauf gewartet zu haben. Sie war nämlich absolut einverstanden mit dem, was er da tat und schaute ihn mit ihren rehbraunen Augen erwartungsvoll an, als das Auto endlich stand und er die Zündung ausschaltete. Und er hatte genau die drei Worte gesagt, die sie schon lange von ihm hören wollte. Seine Liebeserklärung hatte bei ihr so dermaßen eingeschlagen, dass sie ihn sofort, heiß wie sie war, umarmte. Beide waren gelöst und glücklich und sofort in Küsse verwickelt. Dann führte Matthias seine Nici auf die lederne Rückbank und beide zogen sich aus. Viel war das ja nicht in dieser lauen Sommernacht, T-Shirts, Hosen, Unterwäsche.

Matthias genoss es. Schaute Nici in die Augen, die im Schein der blauen und roten LED-Lämpchen, die er im Himmel des Autos versenkt hatte, glänzten. Gleich würde er kommen, dachte er. Noch nie hatte er sich und seine Nicole so intensiv gespürt. Noch nie war er so glücklich wie in diesem Moment. Er schaute sie an, bewegte sich rhythmisch, ihre Brüste wippten und sie lächelte sanft.

Doch plötzlich veränderte sich der Ausdruck in Nicis Gesicht. Sie schien von etwas zu Tode erschrocken und schrie gellend auf. Dann klopfte es ans Fenster. Matthias, dem das Blut in den Adern gefroren schien, löste sich aus der Umarmung, spürte wie er ganz heiß vor Wut wurde, wollte schon aus dem Auto springen, um den vermeintlichen Störenfried in die Flucht zu schlagen, dachte, es wäre einer seiner Kumpel, der ihm heimlich hinterhergefahren war. Da erkannte er durch die etwas beschlagenen Autoscheiben zwei Männer mit Polizeimützen.

»Scheiße, die Bullen!« erschrak er sich.

Die hatten mittlerweile bemerkt, in welche Situation sie da geraten waren.

»Ziehen sie sich bitte etwas an«, sagte der eine, »und kommen sie dann einzeln raus! Wir warten solange.«

Matthias war sprachlos und maßlos enttäuscht. Er suchte sich gleich seine Boxershorts. Nicole war starr vor Schreck. Außerdem war ihr alles so peinlich mit einem Mal. Sie hielt sich ihre Arme vor die Brüste, verschränkte die Beine, duckte sich in den Sitz. Matthias stieg aus in seinen Shorts. Der eine der Polizisten leuchtete mit einer großen Taschenlampe direkt auf seine Brust und stellte sich vor. »Polizeihauptmeister Klaus Winkler!«

Dann deutete er auf seinen Kollegen: »Polizeiobermeisterin Claudia Mayer«.

Jetzt merkte Matthias erst, dass der zweite Polizist eine Frau war.

»Ihr Fahrzeug wurde uns als verdächtig gemeldet! Wenn Sie sich bitte ausweisen würden! Und die Fahrzeugpapiere bitte!«

»Augenblick, die habe ich im Handschuhfach«, stotterte Matthias und ging die paar Schritte zu seinem Golf zurück. In dem Moment regte sich die Polizistin.

»Klaus, ein Funkruf!«, erregte sie sich.

POM Mayer flitzte zum Streifenwagen. Da die Notrufleuchte blinkte, schaltete sie gleich das

Blaulicht ein und rief noch ihren Kollegen, dass er sofort kommen solle. »Sie melden sich morgen im Revier in Dingelstädt«, konnte der im Laufen Matthias noch zurufen. Mit davonspritzendem Wegeschotter brauste der Streifenwagen in Richtung Landstraße ab und ließ den verdutzten Matthias einfach stehen.

»Ihr verfluchten Wichser!«, rief er dem Streifenwagen noch hinterher, dessen Bremslichter an der Einmündung in die Landstraße nur kurz aufleuchteten, bevor er nach rechts abbog.

POM Mayer hatte ihren Kollegen sofort auf den aktuellen Stand gebracht: »Einsatz in Küllstedt! In der Sparkasse wurde Alarm ausgelöst!« Der blau-silberne 3er-BMW fegte in Richtung nach Küllstedt weiter.

An der Sparkasse war alles ganz schnell gegangen. Milan hatte die Eingangstür schockgefrostet und alle Elektrokontakte damit eingefroren. Dann hatten sie die Türen einfach ausgehebelt, aber ohne Alarm auszulösen. Danach kamen die verschiedenen Gasflaschen zum Einsatz. Zuerst das Fixativ, damit die eventuell austretende Markierfarbe von den Geldscheinen wieder abgelöst werden konnte. Dann sprühte er den Montierschaum durch die

Geldscheinausgabe, um die Explosion abzudämpfen. Zum Schluss noch das Feuerzeuggas. Das dauerte alles in allem vielleicht fünf Minuten. Milan hatte sich extra die Sparkasse in Küllstedt ausgesucht, fernab von aller Polizei. Die drei Banditen verließen den Vorraum und versteckten sich hinter dem VW-Transporter, den sie davor abgestellt hatten. Milan zündete die Lunte. Sekunden später explodierte der ganze Eingangsbereich mit einem lauten ›Wumm‹ und eine Menge Splitter und Trümmer, aber auch die Geldscheine, wirbelten durch die Luft.

»Au! Verdammt!«

Valentin sank noch im Laufen auf den harten Asphalt.

»Mist!«, brachte er durch die knirschenden Zähne heraus. »Mich hat was getroffen!«

Er blieb mit schmerzverzerrtem Gesicht liegen und hielt sich das rechte Bein. Die anderen beiden schien das nicht zu stören. Sie sammelten an Scheinen ein, was sie kriegen konnten, steckten alles in große Plastiktüten.

In dem Moment quietschte etwas wie ein Auto, das eine Notbremsung macht. Ein Streifenwagen versperrte nun die Ausfahrt. Die beiden Streifenpolizisten hatten sofort die Situation erkannt, stiegen mit gezogenen Waffen aus und versteckten sich hinter den geöffneten Türen. PHM Winkler hatte das Funkgerät in der Hand und richtete sich an die Verbrecher: »Hier spricht die Polizei«, setzte er gerade an, als Schüsse fielen. Mehrere Kugeln sausten an seinem Kopf vorbei. Er konnte sich gerade noch ducken. POM Mayer erwiderte das Feuer auf den immer noch am Boden liegenden Valentin, der eine Kugel abbekam und in Richtung der Büsche robbte, um Deckung zu suchen. Währenddessen waren die beiden anderen Safeknacker von der verdeckten Seite mit ihrer Beute ins Auto zurückgesprungen und mit kreischenden Reifen losgefahren. Der Transporter krachte über die Bordsteinkante, streifte ein Schild, bog in die Hauptstraße ein. Doch PHM Winkler war geistesgegenwärtig wieder in den Streifenwagen gestiegen, war zurückgesetzt und hatte den BMW quer über fast beide Fahrbahnen gestellt. Das schien Vadim am Steuer aber gar nicht zu scheren. Mit einem Affenzahn fuhr er auf den Streifenwagen los, krachte an die linke Hinterseite und schob ihn einfach beiseite. Winkler war bereits zu Valentin rüber gesprungen, hatte ihm dessen Pistole abgenommen und Handschellen angelegt. Sein Gefangener lag blutend, aber offensichtlich nicht lebensgefährlich verletzt am Boden und konnte erst einmal nicht fort. Winkler spurtete also geschwind zum Streifenwagen herüber und kümmerte sich um seine Kollegin. Die hatte sich in der Eile nicht angurten können und war durch den Aufprall aus der Beifahrertür herausgeschleudert worden. Sie lag bewusstlos auf dem Gehweg.

»Claudia«, sprach Winkler besorgt seine Kollegin an und prüfte, ob sie noch atmete. Dann brachte er sie in die stabile Seitenlage, legte ihr eine Hand unter den überstreckten Kopf und holte eine Decke aus dem Wagen. Nun konnte er seinen Funkspruch absetzen: »Wipper 33 an Zentrale, der Alarm in der Sparkassenzentrale hat sich als Bankeinbruch herausgestellt. Täterfahrzeug ist auf der Flucht in Richtung Struth, ein blauer VW T5, Kennzeichen unbekannt, muss aber nach dem Aufprall auf unser Fahrzeug links vorne verbeult sein. Claudia hat's erwischt, ist bewusstlos. Ich muss mich um sie kümmern. Außerdem ist einer der Täter angeschossen. Der liegt bewegungsunfähig am Boden, Waffe habe ich gesichert. Benachrichtigt bitte den Rettungsdienst. Die Verfolgung kann ich nicht aufnehmen!«

»Verstanden Wipper 33, Kollegen sind gleich vor Ort, Dienststelle Mühlhausen wird verständigt! Mensch, kümmer Dich bloß um Claudia!«

Winkler war bereits zurück bei seiner Kollegin. Die musste beim Aufprall mit dem Kopf irgendwo gegen geschlagen sein und blutete stark aus einer Platzwunde. Winkler überprüfte ihren Puls und holte aus dem Verbandskasten, den er mitgebracht hatte, ein Verbandpäckchen, das er auf die Wunde legte und fachmännisch umwickelte. Mittlerweile waren aus den Nachbarhäusern auch schon einige aufgeschreckte Küllstedter nach draußen gekommen. Die konnten nun jedoch auch nicht mehr viel ausrichten.

8

»Ich darf die Damen und Herren um Ruhe bitten!«
Pressesprecherin Susanne Martin pochte mehrmals mit einem Kugelschreiber an ihr Mikrofon, damit im Publikum das Getuschel und Stühlerücken endlich aufhörte. Neben ihr hatten Polizeidirektor Ulf Hansen aus Nordhausen, Polizei-Hauptkommissar Dieter Keller aus Mühlhausen, Polizeidirektor Florian Meier aus Kassel und Oberstaatsanwältin Angela Scheurer Platz genommen.
Auch die Pressevertreter hatten im Ständesaal des Mühlhäuser Landratsamtes mittlerweile ihre Plätze gefunden, in vorderster Reihe die Fotografen und

Kameraleute. Dahinter zückten die Reporter ihre Notizblöcke, andere hatten ihre Aufnahmegeräte in Stellung gebracht. Alles lauschte gespannt.

»Ich darf feststellen, dass wir nun mit der Presseinformation im Fall des Bankeinbruchs in Küllstedt beginnen können!«, fuhr Susanne Martin fort. »Das Wort hat Polizei-Hauptkommissar Dieter Keller. Er leitet die Polizeidienststelle Mühlhausen.« Susanne Martin reichte ihm das Mikro. »Herr Keller bitte!«

Keller richtete sich für seinen Vortrag auf und bediente mit einer Fernbedienung seinen Laptop. Auf dem Bildschirm, der hinter dem Podium aufgestellt war, machte er nun eine Landkarte sichtbar.

»Wie Sie bereits wissen« begann der Hauptkommissar, »wie sie bereits wissen, ging am Sonntagmorgen um 3:58 Uhr der Alarm aus der Filiale der Eichsfeld-Sparkasse in Küllstedt in der Einsatzleitzentrale ein. Daraufhin wurden sofort die im Dienst befindlichen Einsatzkräfte mobilisiert. Als Erste traf Wipper 33 am Tatort ein. Die Kollegen waren gerade mit der Observierung eines verdächtigen Fahrzeuges bei Struth beschäftigt, als sie den Einsatzbefehl erhielten und sich nach Küllstedt aufmachten.«, Keller zeigte mit dem

Laser-Pointer in seiner Hand auf Struth und Küllstedt. Alle Augenpaare im Publikum folgten wie gebannt dem roten Pfeil auf der Landkarte. Dann blätterte Keller mit der Fernbedienung weiter und zeigte eine Karte vom Tatort. Auf der linken Seite war auch ein Foto des Eingangsbereiches der Sparkasse zu sehen, das offenbar vor dem Einbruch aufgenommen worden war.

»Vor Ort fanden sie das Fahrzeug der Täter vor, einen blauen VW LT 5, Baujahr 2001, den sie unmittelbar vor dem Haupteingang der Sparkassenfiliale abgestellt hatten. Ein Täter lag daneben am Boden und eröffnete sofort das Feuer auf die Kollegen im Einsatzfahrzeug. Beide sprangen aus ihrem Fahrzeug und verbargen sich hinter den geöffneten Türen. Während Polizeiobermeisterin Claudia Mayer das Feuer erwiderte, setzte Polizeihauptmeister Klaus Winkler einen Polizeifunkruf ab, um Verstärkung anzufordern. Die Komplizen des am Boden liegenden Täters verließen in dieser Zeit fluchtartig die Sparkassenfiliale, starteten den Transporter und verließen den Tatort mit hoher Geschwindigkeit in die andere Richtung, bogen dann aber nach links in Richtung Kreisverkehr ab. Kollege Winkler verfuhr geistesgegenwärtig und setzte den Streifenwagen zurück auf die Hauptstraße, um den Tätern den Fluchtweg zu versperren. Die Täter fuhren daraufhin dem Dienstfahrzeug mit hoher Geschwindigkeit ins Heck, wobei das Fahrzeug mit einer Drehung um etwa sechzig Grad zur Seite abgedrängt wurde. Dabei wurde Kollegin Meyer aus der noch geöffneten Beifahrertüre auf den Gehweg hinausgeschleudert. Kollege Winkler hatte sich inzwischen mit vorgehaltener Dienstwaffe dem am Boden liegenden Täter genähert. Der war offensichtlich durch ein Projektil aus der Waffe von POM Mayer getroffen worden, in die rechte Schulter, wie sich später herausstellen sollte. PHM Winkler konnte ihn widerstandslos festnehmen und ihm Handschellen anlegen. Während die Täter im Fluchtauto entkamen, sprang Kollege Winkler zu POM Mayer, die bewusstlos am Boden lag und leistete Erste Hilfe.«

Auf dem nächsten Foto war der grau-blaue BMW zu sehen, dessen Heck stark verbeult war. Splitter der Rückleuchte lagen auf der Straße zerstreut, auch helle Glassplitter waren darunter, die vom Scheinwerfer des LT herrühren mussten. Einige der Reporter erschraken bei diesem Anblick über das Ausmaß der Zerstörung.

»Alles spielte sich in sehr kurzer Zeit ab«, setzte Keller seinen trocken und sachlich gehaltenen Vortrag fort. »Der Zeitpunkt des Zusammenpralls wurde von Kollege Winkler mit 4:12 Uhr angegeben. Die Kollegen aus Mühlhausen erreichten den Tatort schließlich um 4:18 Uhr. Da waren die Täter schon über alle Berge. Notarzt und zwei Notrettungswagen waren dann um 4:22 zur Stelle. PHM Winkler hatte den Notruf noch selbst absetzen können, nachdem er Kollegin Mayer in die stabile Seitenlage gebracht und ihre Blutung am Kopf erst einmal gestillt hatte. Der Notarzt kümmerte sich dann um die Kollegin und den Täter. Beide wurden noch am selben Morgen ins Mühlhäuser Hufeland-Klinikum verbracht. Frau Mayer befindet sich nicht in Lebensgefahr. Sie ist bereits wieder aufgewacht, hat eine schwere Gehirnerschütterung davongetragen sowie mehrere Prellungen. Der Täter musste noch am selben Morgen operiert werden. Er erlitt eine Schussverletzung der Schulter. Das Projektil musste ihm aus dem Schulterblatt entfernt werden. Aus dem linken Oberschenkel musste ihm des Weiteren ein großer Glassplitter entfernt werden, der ihn in Folge der Explosion des Geldautomaten getroffen haben muss. Der Täter ist zwar vernehmungsfähig, hat sich über seine Identität und den Hergang der Tat jedoch noch nicht geäußert. Es handelt sich um einen etwa fünfundzwanzigjährigen, dunkelhaarigen Mann. Größe 1,77 Meter, sportlich gebaut. Er trug eine schwarze Jeans, schwarze Lederjacke und schwarze Sturmhaube mit Sehschlitzen, des Weiteren schwarze Wildlederhandschuhe und schwarze Stiefel, sogenannte Springerstiefel. Seine Pistole ist eine Makarov Kaliber 9,0. Solche Pistolen gehören zur Ausrüstung der russischen Armee-Streitkräfte, werden aber international gehandelt. Das Fluchtfahrzeug wurde am Sonntag um 8:31 Uhr aus der Siedlung Pfafferode bei Mühlhausen von einem Anwohner gemeldet. Es war dort auf einem Parkplatz gegenüber der Kirche abgestellt worden. Von den Tätern haben wir bisher keine weitere Spur. Intensive Befragungen in der Bevölkerung von Pfafferode hatten bisher keinen Erfolg. Wir haben die Ermittlungen vor Ort jedoch noch nicht abgeschlossen. Die Ermittlungen am Tatort werden von der KTU der Polizeidirektion Nordhausen geführt. Ich würde daher meinen Vortrag nun beenden und an Polizeidirektor Ulf Hansen weitergeben.«

Hansen, Mitte fünfzig, deutliche Glatze auf dem runden Schädel, langhaariger Schnauzer unter der dickrandigen Brille, räusperte sich, schaute in der Runde herum und begann seine Ansprache: »Meine Damen und Herren, ich fasse mich kurz. Die kriminaltechnischen Untersuchungen am Tatort haben ergeben, dass es sich eindeutig um Profis handeln muss. Der Bankautomat wurde durch ein Luft-Gas-Gemisch zur Explosion gebracht. Dabei wurde der Bankomat vollständig zerstört und in zahlreiche Einzelteile zerlegt. Teile davon beschädigten auch die von den Tätern zuvor wieder geschlossenen Außentüren der Sparkasse. Ein Splitter traf den von uns später festgenommenen Täter am linken Oberschenkel und schränkte seine Bewegungsfähigkeit stark ein. Nachdem er die am Tatort eingetroffenen Kollegen Winkler und Mayer beschossen hatte, musste er noch fünf Meter weit gerobbt sein, zunächst wohl um das Fluchtfahrzeug zu erreichen. Nach einem Meter änderte er seine Richtung und brachte sich in dem weiter westlich gelegenen Ziergehölz in Deckung. Dort wurde er dann ja auch von Kollege Winkler festgenommen. Blutspuren seiner Verletzung konnten wir auf dem ganzen Vorplatz der Sparkasse registrieren. Andere Blutspuren konnten von uns nicht gesichert werden.«

Der Polizeidirektor nahm erst einmal einen Schluck Wasser aus dem Glas, das er vor sich abgestellt hatte, strich sich reflexartig über den Schnauzer und sprach dann mit seiner monotonen Sprechstimme weiter: »Durch geeignete Maßnahmen waren vor der Sprengung die Geldscheine gesichert worden.«

Nachdem einige der Presseleute in dem Raum, dessen Luft immer stickiger wurde, zu Raunen angefangen hatten, schaute Hansen auf und sah mit ernstem Gesicht in die Runde: »Meine Damen und Herren, Sie müssen verstehen, wenn wir hierbei nicht in die Details gehen. Nachahmer und Trittbrettfahrer sollen in jedem Fall vermieden werden.«

Dann senkte er wieder seinen Kopf und fuhr fort aus seinem Protokoll, das er nun etwas schräg hielt, vorzulesen: »Die aus den Geldkassetten herausgelösten Scheine, es handelt sich dabei vor allem um numerisch bekannte Fünfzig-Euro-Scheine, wurden von den Tätern zum großen Teil eingesammelt. Die geschätzte Beute beträgt 12500 Euro. Meine Damen und Herren, wenn ich zusammenfassen darf: Wir können in diesem Fall von Bandenkriminalität ausgehen. Der Fall steht nicht als Einzelfall da. Wir haben aber hiermit erstmals einen auf diese Weise gesprengten

Bankomaten in Thüringen. Weitere, aber schon etwas länger zurückliegende Fälle sind aus Nordhessen bekannt, weswegen ich nun gerne an Polizeidirektor Meier weitergeben möchte. Herr Meier leitet die Soko ›Spreng‹, die nach dem zweiten, auf dieselbe Art durchgeführten Raub bei der Polizeidirektion Kassel gebildet wurde. Aber nun möchte ich Herrn Meier bitten.«

Der dunkelhaarige Mittvierziger schien schon wie auf Kohlen gesessen zu haben und machte einen etwas säuerlichen Eindruck, als er endlich an die Reihe kam. Ohne große Vorrede schloss sich der Schmalgesichtige gleich seinem Vorredner an:

»Ja, wie Kollege Hansen treffend bemerkte: Wir haben in Nordhessen bisher sieben Fälle brutaler Bankeinbrüche zu verzeichnen, die alle nach derselben Masche abliefen. Die wurde Ihnen ja von Kollege Keller ausführlich beschrieben. Die Täter gingen dabei jedoch besonders professionell vor. Keiner der Einbrüche dauerte länger als acht Minuten. Immer wurde zwischen 3:47 und 4:12 Uhr vorgegangen. Als Ziele wurden jeweils gut erreichbare Sparkassen-Filialen ausgesucht, die immer in großer Entfernung zur nächsten Polizeidienststelle lagen. Ich zähle die Einbrüche der ›Sprenger-Bande‹ der Reihe nach auf: 2. Februar

Immenhausen, 18. Februar Nentershausen, 7. März Philippsthal an der Werra, 9. März Schenklengsfeld, 14. April Bad Zwesten, 2. Mai Naumburg, 28. Mai Netra und nun eben Küllstedt. Die Tat in Küllstedt ist also der achte Coup, der auf die Bande zurückzuführen ist. Die entwendete Geldmenge beläuft sich mittlerweile auf etwa 185000 Euro, wobei wir bislang nicht sagen können, wieviel letztlich bei den Tätern angelangt ist, da einige Scheine verweht wurden. Andere wurden unbrauchbar und zählen damit ebenfalls zur Schadenssumme.«

Wieder blickte Meier in die Runde der eifrig mitschreibenden Journalisten. Diesmal waren jedoch tiefe Falten auf seiner Stirn zu sehen. Offenbar waren ihm die nun folgenden Ausführungen besonders wichtig. Dann fuhr er fort:

»Durch Aufnahmen einer Überwachungskamera wissen wir, dass es sich insgesamt um drei Täter handelt. Alle waren schwarz gekleidet und maskiert. Auffällig sind nur die Größenmerkmale. Der eine der noch flüchtigen Täter ist etwa 1,85 Meter groß, der andere etwa 1,70 Meter. Beide sind schlank. Weitere Angaben können wir nicht machen. Der im Falle des Einbruchs auf die Sparkasse in Küllstedt verwendete VW-LT wurde in der Nacht vom 31.

Dezember zu Neujahr übrigens geklaut. Tatort ist der Hof eines Speditionsbetriebes in Baunatal. Mein Fazit, meine Damen und Herren: Die Täter müssen in der Region ihren Unterschlupf haben und es ist davon auszugehen, dass sie sich auch nach der jüngsten Tat dorthin wieder zurückgezogen haben.« Meier blickte kurz zu der mittelblonden Oberstaatsanwältin hinüber. Die verstand sofort und übernahm das Wort: »Meine Damen und Herren, der bisher unbekannte Täter bleibt erst einmal in Untersuchungshaft. Was seine Identität anbetrifft, so bitten wir die Bevölkerung um Mithilfe.« Susanne Martin hatte bereits weitergeklickt und Täterfotos an die Wand geworfen. »Sie erhalten selbstverständlich alle ein Täterbild, das sie veröffentlichen können. Frau Martin wird Ihnen bei Bedarf auch selbstverständlich die Bilddatei zur Verfügung stellen. Außerdem bitten wir um Hinweise, ob die Täter irgendwo aufgefallen sind. Jede Kleinigkeit könnte in diesem Fall von Belang sein. Für Hinweise, die zum Täter führen, sind 10000 Euro ausgesetzt. Wenn Sie nun noch Fragen haben?« Mit erhabenem Lächeln blickte die Oberstaatsanwältin in die Runde und übergab mit einem Seitenblick wieder an Susanne Martin.

»Ansonsten wäre die Pressekonferenz hiermit beendet«, ergänzte die und klopfte ihre Notizblätter auf den Tisch. Ein allgemeines Raunen und Geraschel setzte nun im zuvor stillen Publikumsbereich ein. Susanne Martin lächelte darüber, dass es den Medienvertretern offensichtlich die Sprache verschlagen hatte. Zufrieden nickte sie zu den Polizeichefs und richtete sich mit einem abschließenden Satz an die Damen und Herren im Saal, die sich zum Teil schon dem wieder geöffneten Eingang zuwandten und sich dort mit dem bereitgelegten Material eindeckten:

»Meine Damen und Herren, Aktuelles erhalten Sie selbstverständlich wie gewohnt als Pressemitteilung in Ihre Redaktionen. Sollten wir durch die Fahndung zum Erfolg kommen, werden wir eine weitere Pressekonferenz anberaumen. Ort und Zeit werden Ihnen noch bekannt gegeben. Vielen Dank für Ihr Kommen!« Mit den letzten Worten der Pressesprecherin hatte sich der Ständesaal schon zur Hälfte geleert. Die Meisten waren schon auf dem Weg, Einige standen davor, in aufgeregte Gespräche vertieft.

9

Früh morgens konnte sie eigentlich am besten arbeiten. Carola Henning hatte sich angewöhnt, extra früher aufzustehen und wenigstens zwanzig Minuten lang einen Dauerlauf zu machen. Das Wort ›joggen‹ würde ihr im Schlaf nicht über die Lippen kommen, dachte sie. *Wir sind doch früher auch ohne dieses Wort ausgekommen. Andererseits: Ich würde zu Soljanka auch nie nur Gemüsesuppe sagen. Sei's drum. Jedenfalls*, so dachte sie, *muss ich mich in meinem Alter fit halten. Besonders bei diesem bewegungsarmen Sitzjob im Kommissariat! Und wie schnell habe ich mir Fettpolster eingehandelt. Da hilft mir das Laufen. Außerdem komme ich dann mit klarem Kopf im Büro an.* So war es auch an jenem Sommermorgen gewesen. Carola Henning war besonders früh aufgestanden und hatte sich noch bei Morgenrot aufgemacht. In ihrem Büro war dann um 7 Uhr noch alles still, als sie sich an ihren Schreibtisch vor dem großen Glasfenster setzte. Den Tisch hatte sie genau so platziert, dass sie aus dem Fenster hinaus ihren Blick über die Stadt schweifen lassen konnte. Dabei kamen ihr stets die besten Gedanken. Immerhin konnte man vom dritten

Stockwerk des Direktionsgebäudes bis zum Harz schauen.

Carola Henning grübelte an diesem Morgen über einer Akte, die ihr noch in der Nacht auf den Tisch gekommen zu sein schien. *Zellweger, Zellweger!,* dachte sie beim Anblick der Fotos im Obduktionsbericht eines 73-jährigen aus Liebenrode. *Da haben wir ja noch mal Glück gehabt! Die Würgemale am Hals und die Blutergüsse wurden einfach mit Schminke übertüncht! Das Zungenbein war angebrochen! Gestorben ist der Alte aber trotzdem an Herzversagen! Wenn da die Angehörigen mal nicht was dran gedreht haben! Lag tot im Bett, sollen die gesagt haben, als der Hausarzt eintraf. Die hatten wohl gehofft, der würde das nicht merken. Stellt den Totenschein nicht aus und schickt die Leiche zu uns zur Obduktion! Mist, wenn die mal jetzt nicht schon über alle Berge sind! Zum Glück hat sich Doktor Wollenhaupt diplomatisch verhalten und seinen Verdacht vor Ort nicht geäußert. Er wollte also die Todesursache nicht eindeutig erkannt haben und noch eine zweite Meinung herangezogen wissen.* Carola Henning griff zum Hörer und drückte die beiden Knöpfe bis zur Direktwahl. Man hörte es im Hörer klingeln, dann ging jemand ran: »Morgen Chef, was gibt's, ich bin schon fast aus der Tür!«

Jörg Schmiedeknecht, Carola Hennings linke Hand, hatte es nicht lange klingeln lassen und war nun mit wie immer diensteifriger Stimme deutlich am anderen Strippenende zu hören.

»Morgen Jörg, das ist gut. Wir werden uns sofort nach Liebenrode aufmachen, wenn Du da bist. Ich besorg uns schon mal einen Dienstwagen. Wir müssen im Fall eines vermeintlichen Selbstmordes ermitteln.«

»Okay, Chef, bin gleich da!«, kam es noch aus dem Hörer und dann ein Klicken. Aufgelegt. Carola Henning legte sich ihre Dienstwaffe an, ging zum Kleiderhaken, um sich ihre neue Lederjacke überzuwerfen, da klingelte das Telefon. Sie machte drei flotte Schritte auf ihren Schreibtisch zu, dachte, Jörg Schmiedeknecht würde zurückrufen.

»Jörg?«, rief sie in die Sprechmuschel hinein.

»Carola?«, hörte sie in tiefem Bass eine andere Männerstimme fragen und war erst einmal irritiert.

»Klaus König? Von Dir hab ich ja schon lange nichts mehr gehört! Du, ich hab's grad eilig, was will denn das Einbruchdezernat so dringend und in so früher Stunde von mir?«

»Carola halt Dich fest! Ich hab doch diesen Einbruch in Küllstedt in Bearbeitung. Du weißt schon, die Panzerknacker.«

»Ja, was ist mit denen?«

»Na, einen von denen konnten wir doch festnehmen. Aber der schweigt seitdem wie ein Grab.«

»Was hat das mit uns zu tun, Klaus?«

»Nun wart doch mal ab! Jetzt kommt's nämlich! Der hat doch mit einer alten Makarov Kaliber 9,0 auf die Kollegen geschossen! Wir haben natürlich in der Zentraldatenbank geforscht, wollten ja wissen, ob wir darüber etwas über den Kerl herausfinden können. Und nun stell Dir vor: Das Projektil ist doch dasselbe wie das, was wir aus dieser Toten im Mühlhäuser Stadtwald damals geholt haben, falls Du Dich erinnern kannst!«

»Nein!« Carola Henning musste sich erst einmal setzen. Mit so einer Überraschung nach zwölf Jahren war sie erst einmal überfordert. »Natürlich erinnere ich mich!«

»Die KTU hat's aber eindeutig festgestellt, dieselben Merkmale!«, fuhr König fort. »Das muss die Tatwaffe sein! Ist das nicht irre? Jetzt kommst dDu vielleicht in dem alten Fall weiter!«

»Klaus, für diese Meldung könnte ich Dich umarmen!«, freute sich Carola Henning. »Aber jetzt muss ich erst einmal in einen dringenden Einsatz, mein Kollege wartet bestimmt schon. Ich ruf Dich zurück, wenn ich wieder da bin!«

»Na dann, bis nachher!«

König hatte wieder aufgelegt und Carola Henning hastete zum Fahrstuhl. Auf dem Weg dorthin haute sie mit der flachen Hand an die Türzarge.

»Wahnsinn!«, entfuhr es ihr. So eine Überraschung hatte sie lange nicht mehr erlebt.

10

Valentin war müde und er fühlte sich elend. Seit der Operation hatte er nur im Bett gelegen. Und nun waren die Schmerzen wieder gekommen. Aber er konnte nichts sagen. Er wollte nicht. Sofort wären die Bullen wieder bei ihm gewesen und dann hätten sie wieder gebohrt mit ihren Fragen. Aber bisher hatte er geschwiegen. Auch wenn ihm das nicht leicht gefallen war. Er konnte nicht jahrelang den Stummen spielen und schweigen, dachte er. Irgendwann würde er verrückt werden. Ausgerechnet in diesem Moment klopfte es und zusammen mit dem Oberarzt und Schwester Mia, wie gern hätte er die junge Blonde auf ihren schönen Mund geküsst, betraten ein Mann und eine Frau sein Einzelzimmer. Den Mann kannte er schon. Der hatte ihn schon zweimal verhört, hatte sich als

Kriminalhauptkommissar Klaus König vorgestellt. Und wer war die Frau?

Klaus König blickte skeptisch. Er erinnerte sich an die Mauer des Schweigens, die ihn bei seiner letzten Befragung empfing. Trotzdem schaltete er seinen Rekorder ein und richtete sein Wort an den jungen Mann im weißen OP-Hemd, dem die Schwester für das Gespräch die Rückenlehne in Sitzposition gebracht hatte.

»Guten Morgen!«, begann König und zeigte gleich mit der Hand auf Carola Henning, die neben ihm stand. »Wenn ich vorstellen darf, meine Kollegin Kriminalhauptkommissar Carola Henning vom Dezernat für Tötungsdelikte.«

»Guten Morgen, Herr äh…!« Carola Henning blickte zunächst den jungen Verbrecher an, der sie anschaute, als wäre sein Name Hase. Dann musste sie ihren Kollegen genauso hilflos angeschaut haben, denn der ermutigte sie nur, weiter zu fragen.

»Also«, richtete sie sich wieder an den Täter, »ich möchte es kurz machen!«

Sie öffnete einen prall gefüllten Aktendeckel, den sie bis dahin unter ihren linken Arm gepresst hatte und zog ein paar Hochglanzfotos im DIN-A4-Format hervor.

»Das ist die Makarov Kaliber 9,0, mit der Sie bei dem Sparkassenüberfall in Küllstedt auf unsere Kollegen geschossen haben«, kommentierte Carola Henning das erste Bild. Der junge Mann schien seine Waffe zu erkennen, blickte aber mit großen, unschuldigen Augen weiterhin die Kommissarin an. Die blätterte weiter. Zum Vorschein kam ein Blatt mit den Aufnahmen zweier ziemlich zusammengestauchter Pistolenkugeln. Beide ähnelten sich auf verblüffende Weise. Henning zeigte auf das linke: »Dieses Projektil haben wir aus der Türverkleidung des Streifenwagens geborgen, der Sie in Küllstedt auf frischer Tat ertappt hat. Das andere«, Henning zeigte nun auf die Kugel im rechten Bild, »steckte im Kopf einer jungen Frau, die wir vor zwölf Jahren ermordet im Mühlhäuser Stadtwald gefunden haben.« Carola Henning kam sich irgendwie belämmert vor, da sie den Eindruck hatte, dieser Mann vor ihr verstünde überhaupt nichts. Hilfesuchend blickte sie wieder zu Klaus König hinüber. Der zerknirschte aber nur sein Gesicht und zuckte mit den Schultern.

Auf einen Versuch wollte es Henning noch ankommen lassen. Sie hoffte, den Stillen mit Fotos des Opfers aus der Reserve zu locken.

»Das ist ein Foto der Ermordeten.« Carola Henning reichte dem jungen Mann das Bild mit dem Portait der bleichen, aber ausgesprochen hübsch aussehenden, unbekannten Toten aus dem Stadtwald ans Bett. Der Mann schaute überrascht in das Gesicht der Toten, deren langes, dunkles Haar in wirren Wellen die bleiche Stirn mit dem dunklen Einschussloch umwallte. Seine Gesichtszüge änderten sich plötzlich. Schreck und Wut nahmen augenblicklich seine Mimik in Besitz, Tränen rannen und ein heiserer Schrei brach aus seinen Lippen hervor: »Naaadddja!!« Der Mann im Bett verbarg sein Gesicht in dem Foto. Carola Henning war so erstaunt, dass ihr mit einem Krach glatt die Akte aus der Hand zu Boden fiel. Der Täter brabbelte irgendetwas in einer unverständlichen Sprache in das Foto hinein. Carola Henning hatte sich schnell wieder gefasst und versuchte dem Weinenden das Foto wieder abzunehmen. Der hielt es jedoch fest umklammert und rief immer nur »Nadja!« Carola Henning fragte zurück: »Ukrainer?«
Der Junge schien nun mitmachen zu wollen und schüttelte den Kopf. »Romanescu«, antwortete er leicht angewidert.

»Der Kerl ist Rumäne!«, jubelte Carola Henning. »Wir brauchen sofort einen rumänischen Übersetzer«, fügte sie geistesgegenwärtig hinzu.

»Wir haben eine Rumänien-deutsche Schwester hier auf Station«, schaltete sich nun Schwester Mia ein, die sich bisher ganz still verhalten hatte. »Die könnte ich doch holen, oder Herr Oberarzt?«

»Meinen Sie Schwester Rubeta? Na dann schauen Sie mal, wo die steckt und wechseln Sie sie aus, damit sie gleich hier herkommen kann«, ordnete der Oberarzt an. »Die ist bestimmt gleich da«, richtete sich der Oberarzt an die Polizisten. Während Valentin sich in den Kissen verhüllt hatte und weinte wie ein Schlosshund, zeigte Carola Henning ihre Verblüffung: »Klaus, hättest Du das für möglich gehalten?«

Doch der stand wie angewurzelt da und konnte die Ankunft der Rumänin fast nicht abwarten. Er öffnete die Tür und schaute, ob sich im Flur schon etwas tat. Dort schlappte schon in weißen Sandalen eine kleine, dickliche Person mit dunklem, schulterlangem Mittelscheitel heran. »Schwester Rubeta«, keuchte sie, als sie herankam.

»Kripo Nordhausen, Hauptkommissar König«, wurde sie empfangen. »Meine Kollegin, Carola Henning. Sie können Rumänisch?«

»Aber ja! Ich bin in Rumänien aufgewachsen! Worum geht es denn? Ist der Verbrecher etwa Rumäne? Hat er endlich den Mund aufgemacht und Sie möchten, dass ich Ihnen übersetze?«

»Ja, bitte, reden Sie mit ihm!«

Schwester Rubeta setzte sich zu Valentin ans Bett und legte ihm die Hand auf die Schulter. Dann fing Valentin, der bereits wusste, dass sie eine Landsmännin war, in einem wahren Schwall von Worten zu reden an. Rubeta kam kaum zu Wort und nickte nur ab und zu. Mitunter mussten Pausen eingelegt werden, da Valentin nicht mehr weitersprechen konnte. Nur der Name ›Milan‹ war zu verstehen und etwas, das sich wie Schimpfworte anhörte. Dann krümmte sich der ganze Kerl und löste sich in Schluchzen auf, fing sich aber wieder und erzählte weiter. Irgendwann war er zum Schluss gekommen. Dann ließ er sich von der Schwester Zettel und Stift geben und kritzelte mühsam etwas darauf. Erschöpft legte er sich zurück, nahm die Hand der Schwester und flehte sie mit einem durchdringenden Blick an. Oberarzt Dr. Maier wies die Polizisten aus dem Zimmer, rief eine andere Schwester heran, die sich um Valentin kümmern sollte und verließ zusammen mit Schwester Rubeta das Krankenzimmer. »Wenn ich Sie in mein Büro bitten dürfte!« Die vier setzten sich an Dr. Maiers Schreibtisch und Klaus König schaltete wieder sein Aufnahmegerät ein.

»Na dann legen Sie mal los, Schwester Rubeta!«

»Also, der junge Mann heißt Valentin Popescu. Und die Frau auf dem Bild ist seine große Schwester Nadja, sagt er.«

»Nein!«, entfuhr es Carola Henning. Sie schien erschüttert. Nach so vielen Jahren bekam die unbekannte Tote aus dem Mühlhäuser Stadtwald wie aus dem Nichts einen Namen. Mit großen Augen blickte sie Schwester Rubeta an. Die ganze Spannung von damals durchzuckte nun wieder ihren Körper. Sie rückte näher heran und berührte die Schwester beiläufig am Unterarm: »Erzählen Sie weiter!«, drängte sie.

»Nun, er fragte, wo wir das Bild her hätten. Das konnte ich ihm natürlich nicht sagen. Es war ihm jedoch bei dessen Anblick sofort klar, dass seine Schwester tot war und er fragte, wer das getan hat. Dann erschrak er plötzlich und begann wie vor Wut zu weinen. Das haben Sie ja mitbekommen. Er nannte den Namen eines der anderen Verbrecher. Von Milan hätte er die Pistole bekommen. Und Milan sei auch der Mörder seiner Schwester. Das sei ihm klar geworden. Milan sollten Sie festnehmen, jammerte er. Und dann schrieb er auf den Zettel, den ich Ihnen bereits gegeben habe.«

Carola Henning hielt ihn in der Hand und verstand nun den Inhalt. »Klaus, da steht die Adresse drauf, wo sich die Bankräuber befinden! Wir müssen sofort die Fahndung einleiten und das SEK alarmieren! Vielleicht haben wir Glück und überraschen Popescus Komplizen dort.«

König richtete sich an den Oberarzt: »Vielen Dank Dr. Maier. Wir werden jetzt vorsichtshalber die Wachen im Krankenhaus noch verstärken. Ich möchte Sie bitten die Klinikleitung schon einmal vorab zu informieren. Sie erhalten dann alles Schriftliche von uns. Ich gebe Ihnen noch meine Karte. Dann informieren Sie mich bitte, wenn Popescu wieder vernehmungsfähig ist. Wir brauchen noch genauere Angaben und auch Phantombilder der Komplizen.«

11

Knirschend bog der blau-silberne BMW auf den Schotterweg ab und bremste direkt vor dem Eingang des zweistöckigen Wohnhauses. Die beiden Mannschaftswagen hielten ebenfalls, blieben aber in größerem Abstand dazu stehen. Im Haus brannte Licht, es musste also jemand da sein. Hauptkommissar König setzte seinen Finger auf den messinggelben Klingelknopf und hörte den schrillen Ton im Haus. Schritte näherten sich langsam der Eingangstür und die undurchsichtige Sicherheitsglastür wurde geöffnet.

Das kann nicht der Täter sein, sagte König noch zu sich selbst. Da schob sich auch schon das Gesicht eines etwa fünfzigjährigen Mannes mit Vollbart und schwarzer Brille durch den Türspalt.

»Was ist denn los?«, fragte der.

Und König spulte seinen üblichen Spruch ab: »Kriminalpolizei, Hauptkommissar König, guten Abend. Wenn sie mich bitte hereinlassen würden?«

»Herrmann, wer issen das um diese Zeit?«, war fast gleichzeitig eine Frauenstimme zu hören.

»De Polizei, ich mach mal auf!«, antwortete der Bärtige nach drinnen, um die Frauenstimme zu besänftigen. Hauptkommissar König blickte etwas betreten drein, schien er doch noch nicht am Ziel seiner Wünsche zu sein. Die Erscheinung des Bärtigen kam beim Türöffnen nun voll zum Vorschein. Verblüfft schaute der sehr korpulent wirkende Mann in seiner grauen Anzughose, die von schmalen Hosenträgern gehalten wurde, auf den etwa einen Kopf kleineren Hauptkommissar herab. Darüber hatte er nur ein Unterhemd an, im Mundwinkel eine Zigarre. Und aus der Tür im Hintergrund lugte mit gespanntem Gesichtsausdruck auch schon die Frau in ihrer schwarz-weiß-rot geblümten Kittelschürze hervor.

»Wenn Sie sich bitte ausweisen würden?«, klang König etwas gereizt, da ihm wider Erwarten nicht der dunkelhaarige, kleine Rumäne gegenüberstand.

»Ja, Fischer, Herrmann, das steht doch auf dem Klingelschild! Ich wohne hier! Und jetzt sagen Sie mir mal bitte, was denn eigentlich los ist!«

»Herr Fischer!« König wurde förmlich. »Wir haben den Hinweis bekommen, …«, dabei zeigte er auf drei Kollegen in dunkler Tarnkleidung, die gerade hinter ihm Aufstellung genommen hatten, »…dass sich hier im Bahnhof Zwinge zwei Rumänen aufhalten sollen, die unter dem dringenden Tatverdacht des Einbruchdiebstahls, der Körperverletzung und des Mordes stehen. Ist Ihnen in dieser Sache etwas bekannt?«

»Rumänen! Gerda, die meinen wohl die drei jungen Herren hinten im Schuppen!«

Die Frau mischte sich nun in das Gespräch ein.

»Jawohl, Herr Kriminaler, wir haben doch hinten den Schuppen vermietet. Da wohnen doch jetzt drei

75

Rumänen, die haben einen Lagerverkauf dort aufgemacht. Das sind ganz feine Kerle, ganz ruhig. Aber ob die jetzt da sind? Die sind immer unterwegs, die bekommen wir kaum zu Gesicht. Die Geschäfte, sagt der eine immer.« Und an ihren Mann gerichtet: »Jetzt führ die doch mal hin, Hermann!«

Mit einem Fingerzeig bedeutete er dem Hauptkommissar mitzukommen. Er wollte König zu dem Schuppen einige hundert Meter weiter führen, als er erschrak. Auf dem geschotterten Hof hatten mittlerweile neun in schwarz gekleidete, kräftige Männer sich mit dunklen Sturmhauben maskiert. Fischer verstand, blieb stehen und deutete im Flüsterton den Weg zum Schuppen an. Vor einer Stahltür nahm das Einsatzkommando Aufstellung. Einer setzte ein schweres, elektrisches Brecheisen an, die Kollegen dahinter hatten ihre Spezialgewehre im Anschlag und schalteten die Punktscheinwerfer an. Der Einsatzleiter gab das Kommando. Dann ging alles ganz schnell. Die Tür sprang nach außen auf, die Gruppe stürmte die Räume und sicherte. Doch von Popescus Komplizen war keiner da. König machte Licht und verschaffte sich einen Überblick, sah Betten, Wohnzimmercouch, Fernseher im einen Raum, die Bildzeitung mit dem Artikel über den Küllstedter Banküberfall noch aufgeschlagen auf dem Tisch in der Küche nebenan. Geldscheine, in einem Regal aufgestapelt, Werkzeug in einer Garage mit Rolltor. Aber kein Auto weit und breit. Die Kerle waren ausgeflogen. König zückte sein Funkgerät und rief die Kollegen von der Spurensicherung heran, die mit zwei Fahrzeugen bisher im Hintergrund geblieben waren. Sichtlich enttäuscht begrüßte er die Kriminaltechniker: »Die Bude gehört jetzt Euch!« Mit Handschlag und vielsagendem Blick bedankte er sich bei Gruppenführer Ransfeld und wandte sich noch einmal Herrmann Fischer zu, der wie angewurzelt auf seinem Hof stehen geblieben war.

12

Es war mittlerweile tiefste Nacht. Im Nordhäuser Harz-Klinikum lagen die Gänge in schummriger Notbeleuchtung da. Nur das Summen der Lampen war zu hören. Ein ziemlich klein gewachsener Arzt bog mit gewichtigen Schritten um eine Ecke. Seinen weißen, hüftlangen Kittel schien er sich nur übergezogen zu haben, die rechte Hand hatte er unter dem Kittel und die linke versteckte er in der Kitteltasche. Offensichtlich war er aus der

Nachtbereitschaft in den Dienst gerufen worden. Es stand wohl ein Notfall an und seine Hilfe war notwendig. Der Äskulapjünger ging von Tür zu Tür und orientierte sich an den Schildern. An Zimmer 228 der Männerstation machte er Halt, öffnete leise die Tür und trat ein. Es war kein Licht in dem Raum, in dem nur ein Bett belegt zu sein schien. Nur vom Schein der wenigen Lichter, die aus der Innenstadt durch das Fenster hereinschienen, war ein zur Seite gewandter Kopf zu erkennen. Der Körper des Patienten steckte unter der hellen Bettdecke. Der Mann in Weiß zog seine rechte Hand aus dem Kittel. In dem Augenblick ging das Licht an.

»Hände hoch und Waffe fallen lassen!«, war im selben Moment zu hören. Der Arzt feuerte aus der Waffe, die man nun in seiner rechten Hand sehen konnte, einen ungezielten Schuss auf den zusammengekauerten Patienten ab. Im selben Augenblick traf auch schon eine Kugel aus Jörg Schmiedeknechts Dienstpistole die Mittelhand des Arztes. Der schrie auf und ließ den Revolver fallen, während sich im Bruchteil einer Sekunde der Patient aus dem Bett zu Boden drehte und selbst seine Waffe entsicherte. Carola Henning war indes von hinten auf den Arzt gesprungen, hatte ihn mit dem rechten Knie auf den Boden gedrückt, den linken

Arm nach hinten gedreht und ihm an den Haaren dann den Kopf in den Nacken gezogen, so dass der sich nicht mehr bewegen konnte.

»Hab ihn!«, presste sie angestrengt heraus. Der Patient nahm die Waffe des Arztes an sich.

Jörg Schmiedeknecht wandte sich an Carola Henning: »Carola, Du hattest Recht, das ist unser Milan!« Und an den Patienten gewandt: »Polizeiobermeister Otte, sind Sie okay?«

»Kein Problem, Herr Kommissar, der Schuss ist schon durch die Bettdecke abgedämpft worden. Durch meine Weste habe ich die Kugel fast nicht gespürt.« »Wernecke, übernehmen Sie den Gefangenen!«, wandte sich Carola Henning an einen der beiden anderen Beamten, die mit ins Zimmer gestürmt waren. Der Polizeihauptmeister legte dem immer noch schmerzverzerrt und wütend dreinblickenden Arzt, der sich als der gesuchte Rumäne entpuppt hatte, Handschellen an und zerrte ihn nach draußen. Sein Kollege Hartung sicherte.

»Meine Herren, es besteht höchste Fluchtgefahr! Legen Sie ihm auch Fußfesseln an und lassen Sie seine Handverletzung in der chirurgischen Ambulanz behandeln!«, befahl Henning ihren Kollegen noch und wandte sich dann Jörg Schmiedeknecht zu: »Ich hab doch gewusst, dass wir diesen Milan hier kriegen, Jörg! Die Gefahr, erkannt zu werden, wenn sein Komplize alles ausplaudert, war ihm doch zu groß. Und als Klaus die Bande entwischt war, musste unser Milan ja irgendwo anders auftauchen. Den kann sich Klaus morgen erst mal vorknöpfen. Wir sind dann später dran, wenn sie diesen Milan wegen der Banküberfälle festgenagelt haben und der hinter Schloss und Riegel sitzt.« Für ihren Nachsatz legte Carola Henning nun noch den allen Eingeweihten bekannten speziellen Flüsterton ein: »Ganz im Vertrauen Jörg, ich bin froh, dass die Kollegen mir diesen Kameltreiber abgenommen haben. Weißt Du, wie der gestunken hat? Wie der halbe Orient persönlich. Und das mir, als eingefleischtem Nichtraucher!« Jörg Schmiedeknecht konnte es sich als Antwort nicht verkneifen, Carola Henning verschmitzt anzulächeln, legte aber gleich seinen ernsten Blick auf, als wieder Leben in die zuvor wie ausgestorben wirkenden Gänge kam. Das Klinikpersonal, das sich für die Polizeiaktion in Sicherheit begeben und sich mucksmäuschenstill verhalten hatte, kam nun aus dem hinteren Schwesternzimmer heraus und ging wieder seiner Arbeit nach. Doktor Meyer, der echte diensthabende Mediziner, kam auf Carola Henning und Jörg

Schmiedeknecht zu: »Frau Henning, Hut ab. Sie hatten den richtigen Riecher! Ich hatte nur gehofft, es würde nicht so laut werden. Wir haben jetzt erst einmal zu tun, die Patienten zu beruhigen, die von den Schüssen aufgeschreckt wurden. Aber ich denke, da es der Gerechtigkeit dient und ein gefährlicher Täter dingfest gemacht werden konnte, kann ich die Sache vertreten und gratuliere Ihnen zu dem Coup.«

»Vielen Dank, Herr Oberarzt, auch für Ihr Verständnis, und dass sie nicht gezögert haben, uns unbürokratisch zu helfen. Aber dies war die eine große Chance, diesen Schwerverbrecher endlich zu stoppen, und wir konnten sie nutzen.«

Sie reichten sich die Hand und Henning und Schmiedeknecht machten sich auf den Weg zur Ambulanz, wo sie ihre Kollegen von der Wache verstärken wollten. Die saßen bereits mit dem Rumänen wieder im Wartebereich. Der trug nun den rechten Arm im Gips und schaute immer noch sehr zerknittert drein. Das Grüppchen setzte sich in Marsch zu den Fahrzeugen. Die Kollegen dort warteten der Hauptkommissarin und ihren Kollegen mit einer Überraschung auf. Sie hatten unterdessen den dritten flüchtigen Rumänen festgesetzt, der im gesuchten Fahrzeug der Bankräuber in einer Seitenstraße vor dem Klinikum gewartet hatte.

»Gute Arbeit, Kollegen, dann sind wir ja komplett!«, lobte Carola Henning.

13

Jörg zappte vor seiner Wohnungstür mit dem Ultraschallschlüssel. Sofort klickten mit hartem Dreiklang die Riegel zurück. Mit dem Daumen seiner rechten Hand auf dem Display am Eingang öffnete sich die klinkenlose Stahltür nach innen. Mit gönnerhaftem Handzeig bat er Alexandra einzutreten. Mit der Fernbedienung auf der Konsole am Eingang schaltete er erst einmal gemütliches Licht an und schloss die Gardinen vor den großen Fenstern. Alexandra blieb der Mund offen, als sie mit einem Mal die weite und fast luxuriöse Ausstattung ihres Unterschlupfes zu Gesicht bekam. »Ohne die Förderung durch das Innenministerium hätte ich mir das nicht leisten können!«, sagte Schmiedeknecht fast beschwichtigend. »Aber wenn ich schon den Posten des Beauftragten für den Opferschutz übernehme, habe ich denen gesagt, dann soll die Wohnung nicht nur sicher sein, sondern auch meinen Wünschen entsprechen. Schließlich muss ich ja darin wohnen! Also machen Sie es sich bequem, fühlen Sie sich wie zu Hause!«

Alexandra hatte es die Sprache verschlagen. Sie zog erst einmal ihre Stiefel aus und blickte sich dann um. Im vorderen Bereich war am Fenster eine große Essecke eingerichtet. Weiter hinten war durch moderne Raumteiler ein Wohnzimmer abgezirkelt. Cremeweiße Ledercouch und ein passender Sessel gruppierten sich um einen langgezogenen Tisch mit glänzendschwarzer Platte aus Diabas. An der Wand hing ein überdimensionierter Flachbildschirm. Küche und Bar zierten einen Teil der gegenüber liegenden Innenwand. Nur das Schlafzimmer war in einem extra Raum. Jörg Schmiedeknecht liebte es exotisch. Das große Doppelbett war mit zebragestreifter Tagesdecke geschützt. An der Wand prangte eine riesige Echtfototapete mit einem Blick auf Löwen, Gnus, Zebras, Giraffen und Elefanten im Rund des Ngorongorokraters. Afrikanische Masken, ein Schild und Speer der Massai auf der mit afrikanischer Ornamentik bunt gemusterten Tapete ließen das Gefühl von Savanne und Safari aufkommen. Von dort gingen zwei weitere Türen in dunkle Räume ab. Der eine entpuppte sich beim

Einschalten der Beleuchtung als das Bad. Im anderen befand sich ein begehbarer Schrank.

»Das war einmal das Büro der leitenden Ingenieure«, erklärte Schmiedeknecht bereitwillig. Das Fenster zum Zeichenbüro erinnerte noch an die ehemalige Funktion. Dahinter befand sich früher einmal ein Lagerraum. »Hier können Sie heute Nacht schlafen.« Schmiedeknecht zauberte damit ein Lächeln in Alexandras Gesicht. »Ich werde heute einmal meine hübsche Couch ausprobieren! Wissen Sie, das ist das erste Mal, dass die Wohnung für diesen Zweck Verwendung findet«, stellte Schmiedeknecht fest.

»Darf ich?« Alexandra blickte Schmiedeknecht fragend an und zeigte mit dem rechten Zeigefinger ins Bad. Schmiedeknecht verstand sofort, verließ sein Schlafzimmer und Alexandra schloss hinter sich die Tür.

Nun konnte sie sich erst einmal ein ausgiebiges Duschbad gönnen. Sie ließ sich das warme Nass in Jörgs Duschkabine wohlig über die Haut rinnen und hatte das Gefühl, sich total zu verwandeln. Sie hatte einen großen Schritt getan, und nun gab es kein Zurück mehr. Sie hatte die Zusage bekommen, dass sie eine neue Identität erhält, wenn sie ihre Aussage macht und malte sich aus, was sie danach alles tun wollte. Ihr nasses Haar hüllte sie erst einmal in das kleine Handtuch, das ihr Jörg hingelegt hatte, und kümmerte sich dann um ihr Gesicht. Jörg hatte sich indessen sein Telefon geschnappt, um sich bei seiner Flamme Sabine zu melden.

»Nein, das ist rein dienstlich!«, hörte man ihn sagen. »Wir haben beschlossen, dass die bei mir am besten aufgehoben ist. Du weißt doch, Opferschutz. Nein, ich muss doch hier Wache schieben. Die Kollegen? Die sitzen draußen im Wagen und wechseln sich ab, um alle Fälle ausschließen zu können. Es könnte ihr ja einer gefolgt sein, der sie nun mundtot machen will. Nein Schatz, Du kommst am besten nun nicht bei mir vorbei. Ich möchte auf keinen Fall, dass Deine Person überhaupt irgendwie in Verbindung mit der Zeugin und dem Fall gebracht werden kann! Da vertrau mal ganz auf Dein Bärchen! Wir sehen uns, wenn das Ganze vorbei ist! Ja, ich Dich auch! Bussi!«

In dem Moment kam Alexandra aus dem Bad. Sie hatte sich ihren weinroten Trainingsanzug übergezogen. Mit dem Handtuchturban sah sie nun etwas komisch aus. Aber Jörg ließ sich nichts anmerken. Er hatte in der Zwischenzeit den Wasserkocher angeschaltet und das Teesieb mit frischen Kräutern bestückt. Er goss das heiße

Wasser auf und ließ den Tee ziehen. Alexandra hatte es sich auf dem Ledersofa bequem gemacht und schaute Jörg bei seinen Bemühungen in der Küche zu. Mit zwei großen dampfenden Humpen kam er dann zur Sitzecke und setzte sich in den Sessel am Eck des Couchtisches. Alexandra lächelte ihm zu, als er ihr die Tasse mit dem Blumenmuster herüberreichte. Beide schwiegen und schlürften ihren Tee aus Thüringer Bergkräutern. Schmiedeknecht öffnete den Reißverschluss seiner Lederjacke, aus der nun der Griff seiner Pistole herauslugte. Den Vorhang zog er einen Spalt beiseite. Auf der Straße sah er nur den abseits geparkten Ford der Kollegen. Sonst schien alles ruhig zu sein.

Alexandra schaute von ihrer Tasse auf und hatte mit einem Mal das Gefühl vollkommener Vertrautheit: »Jörg, ich darf Sie doch Jörg nennen?«, begann sie das Gespräch. Jörg blickte sie leicht erstaunt an und nickte ihr zu.

»Jörg, Sie wissen nicht, was ich in den vergangenen Jahren durchgemacht habe! Deshalb muss ich ganz sicher sein, dass keiner meiner Peiniger jemals die Möglichkeit hat, mich wieder ausfindig zu machen und sich zu rächen! Darauf haben mir die

Staatsanwältin und ihre Chefin ihr Ehrenwort gegeben!«

Jörg nickte und Alexandra klammerte sich an ihren dampfenden Humpen, trank erst einmal einen Schluck.

»Wissen Sie, Jörg, mit dem Sex ist das schon eine komische Sache. Als ich nach Deutschland kam, war ich noch Jungfrau!«, fing sie an zu plaudern. »Nadja war da ganz anders. Sie hatte da ihren Marius. Natürlich hatten die schon miteinander geschlafen. Nadja hat mir immer davon erzählt. Zum Glück! Ich wusste deshalb einiges über Sex, obwohl ich bisher nie einen Mann gehabt hatte. Vielleicht war ich deshalb auch mit Nadja zusammen. Sie war in vielem erfahrener als ich. Was noch viel schwerer wog: Wir verstanden uns fast blind und konnten über dasselbe lachen. Und wir wollten raus aus unserem Land! Genauso wie sie, hoffte ich auf einen Prinzen, der mich aus der Armut herausholen würde. Und dann trafen wir in der Diskothek Milan! Der hatte einfach alles! Der fuhr einen schnellen Wagen, hatte immer teure Markenkleidung an und war sehr großzügig. Der hat uns Drinks ausgegeben. Und ich dachte, der mochte uns. Hat mit uns getanzt und geflirtet. Dann hat er irgendwann angefangen von Deutschland zu erzählen. In Deutschland könnten sich die Leute viel mehr leisten. Und Arbeit gebe es dort mehr als genug. Er würde uns dort locker einen guten Job beschaffen können. Schwarz natürlich, denn die Deutschen wären etwas pingelig an der Grenze und mit dem Bürokratismus sowieso. Da könne man nicht mal eben einen Hunderter rüber reichen, damit man schneller eine Arbeitserlaubnis bekommt. Darin seien die Deutschen stur, hat er gesagt! Aber es gebe genug Leute, die eine billige Haushaltshilfe, Kellnerin oder Putzfrau suchen. Meistens seien es gerade die Reichen, die schwarz jemand beschäftigen wollen. Die sind immer die Geizigsten, bezahlen aber gut, wenn es erst einmal geklappt hat. Und selbst, wenn wir zehn Mark für die Stunde bekämen, wäre das für uns hier in Rumänien der Wahnsinn. Wo doch alle froh wären, wenn sie überhaupt Arbeit hätten. Und wer verdiente damals schon zweihundert Mark im Monat oder mehr? Da begann ich zu rechnen. Da käme ich im Monat auf mindestens 1600 Mark! Mein Gott, ich hätte meiner Familie helfen können. Ich hätte für mein Studium sparen können. Ich wäre schon in Deutschland und könnte mir dann in aller Ruhe eine Universität suchen. Und für das Studium hätte ich dann auch schon gespart, weil so viel bräuchte ich in Deutschland nicht zum Leben und könnte mir einiges zur Seite legen. So malte ich mir das alles aus. Und Nadja? Die hatte einfach Lust auf Abenteuer. Etwas anderes erleben, gutes Geld verdienen und dann erst einmal Urlaub machen, irgendwo am Schwarzen Meer, im Hotel mal andere für sich arbeiten lassen. Davon träumte sie! Scheiße, waren wir dumm damals. Dann stellte sich nämlich bald heraus, was Milan für ein Arsch ist.« Alexandra nippte an ihrem Tee, der nun Trinktemperatur angenommen hatte.

Schmiedeknecht lunste bei der Gelegenheit noch einmal auf die Straße. Alles in Ordnung! Dann schaute er wieder zu Alexandra und die nahm das als Einladung, weiter zu quatschen.

»Nach unserem Treffen in der Disko ging alles ganz schnell. Schon am nächsten Samstagabend sollte es losgehen. Nadja und ich packten nur das Nötigste in einen Koffer. Milan holte uns an einer Haltestelle an der Hauptstraße ab und das war's! Natürlich ließ er Vadim fahren, seinen Freund, den er zu seinem persönlichen Assistenten gemacht hatte. Vor den Grenzern hatte ich ganz schön Angst! Aber das lief alles unglaublich glatt. Sogar an der deutschen Grenze mussten wir nur die Ausweise vorzeigen. Ich dachte, ich spinne. Oder waren wir etwa vom Diplomatischen Corps? Nach dem Höllenritt, wir hatten ja nur mal ein paar Pinkel- und Kaffeepausen eingelegt, kamen wir dann Sonntagabend in Frankfurt an.«

Alexandra stockte und trank erst einmal noch einen Schluck Tee, bevor sie weiter redete.

»Wir bogen von einer belebten Straße in einen Hinterhof ab und klingelten dort an einer Stahltür. Ein dicker Glatzkopf öffnete, wir Mädchen gingen zuerst hinein, Milan und Vadim schoben nach und die Tür fiel ins Schloss, gerade, als uns klar wurde, dass das hier ein Puff sein musste. Von dem langen, kahlen Gang, der hinter der als Notausgang gekennzeichneten Tür begann, gingen nach beiden Seiten mehrere Türen ab. Eine war einen Spalt offen, so dass ein roter Lichtschein in den Gang hinaus fiel. Wir sahen auf die Bettkante eines viel zu großen Bettes, das im Moment wohl nicht besetzt war, und Nadja war die Erste, die einen gellenden Schrei tat und versuchte, in Richtung Tür zu flüchten. Sie wollte mich gerade an der Hand mitnehmen, als sie ein Faustschlag auf die Wange jäh stoppte. Ich schrie ›Nadja!‹ und mir war klar, dass wir ab nun gefangen waren und uns unserem Schicksal ergeben mussten. Der Glatzkopf steckte uns erst einmal in das leere Zimmer und schloss ab. Nadja lag einen Moment lang auf dem in rosa

90

Plüsch eingeschlagenen Riesenbett, kam aber von ihrem Schlag bald wieder zu sich und war ganz klar im Kopf. ›Alexandra!‹, sagte sie. ›Jetzt müssen wir handeln, ganz schnell. Die werden uns hier nicht rauslassen! Und wenn wir nicht für die anschaffen, schlagen die uns zusammen! Und mit Dir müssen wir ganz flott etwas anstellen. Du bist doch noch Jungfrau! Was meinst Du, wie scharf die Typen darauf sind, eine Jungfrau zu ficken. Dafür zahlen die Unsummen!‹ Woher kannte sich Nadja so gut aus damit, fragte ich mich. Aber egal, ich vertraute ihr blind. ›Was sollen wir tun, Nadja‹ ›Ist doch klar! Das mit der Entjungerung erledigen wir selber und zwar jetzt gleich, solange Milan noch mit den Puffbetreibern am Verhandeln ist! Los, mach die Hosen runter!‹ Ich musste erst einmal schlucken, tat aber, was Nadja mir gesagt hatte. Es musste ja nun alles sehr schnell gehen. Und wie praktisch: Auf einer Konsole an der Wand stand ein großer Dildo! Nadja nahm auch etwas Lotion aus einer Flasche, die neben dran stand und waltete ihres Amtes!«

Jörg Schmiedeknecht war erschüttert über diese Szene und schaute erst einmal, als überlege er, ob er noch mehr hören wollte. Doch Alexandra legte gleich nach.

»Tja, so war das. Und so bin ich um meine Versteigerung herumgekommen. Die Puffmutter kam dann später zu uns und erklärte uns die Modalitäten. Milan und Vadim waren wohl schon verschwunden, hatten also ihren Deal gemacht. Wir bekamen unsere Koffer hingestellt und sollten damit erst einmal unserer ›Mutter‹, Annamaria hieß sie übrigens, folgen. Unsere Sachen wurden hinter einem Vorhang in einer Abstellkammer verstaut. Das Zimmer, in dem wir zuvor eingeschlossen waren, sei ab nun unser Zimmer, da schliefen wir auch, hieß es, vormittags natürlich, nachmittags und abends hätten wir ja schließlich zu arbeiten. Auf Wunsch werde man uns gemeinsam zu Jobs vermitteln, ansonsten gehe es im Wechsel. Die Freier sollten ja auch ein wenig was trinken, schließlich seien wir ein Club und nicht irgendeine Absteige, um schnell mal einen wegzustecken, sagte jedenfalls Annamaria. Wir hatten Glück, dass wir in der kleinen Küche noch etwas essen konnten. Danach waren wir so müde! Trotz der neuen Umgebung und schreienden Ungerechtigkeit, die uns noch erwartete, sind wir gleich eingeschlafen.«

Jörg war sprachlos und schenkte Alexandra Tee nach.

Die redet sich das wohl von der Seele runter, dachte er, da Alexandra sofort wieder loslegte.

»Am nächsten Morgen«, sagte sie, »kamen dann Hannes und Tom zu uns. Um uns zu begutachten, wie sie es nannten! Eingeritten haben sie uns. Und ich war verdammt froh, dass mir Nadja meine Unschuld schon ausreichend entfernt hatte! Wenn die das damals rausgekriegt hätten!? Wenigstens diese Schmach war mir erspart geblieben. Danach begann dann für uns unser neuer Alltag. In der Bar auf Freier warten, mit denen etwas trinken und dummes Zeug reden und dann zur Sache gehen. Anfangs verlangten die nichts Besonderes. Eben nur normalen Sex. Erst später, als im Internet immer mehr Sauereien frei angeboten wurden, wollten immer mehr Leute etwas Originelles. Klar, Mutti zu Hause macht eben nicht bei allen Stellungen und Sexspielen mit. Da mussten eben die Nutten für herhalten. Und wir konnten ja nicht anders! Die hatten doch unsere Pässe. Und bewacht wie die Bundesdruckerei waren wir auch noch, und das rund um die Uhr. Der Notausgang war immer zugeschlossen, außer, wenn die Feuerwehr zur Überprüfung der Brandsicherheit da war. Aber dann wurden wir Sexsklavinnen sowieso alle in der Bar festgehalten. Kundenverkehr war dann auch keiner.

Am meisten überwinden musste ich mich, wenn die Analverkehr wollten oder ihren Saft sonst wohin spritzen mussten. Welche normale Frau lässt sich schon in den Arsch ficken? Ich denke, das sind die wenigsten. Aber wir dürften nicht riskieren, dass sich die Kunden beschwerten! Das hätte sofort wieder Schläge gesetzt! Überleg Dir das mal!«

Alexandra war so in Fahrt geraten, dass sie bei Jörg Schmiedeknecht mittlerweile beim ›Du‹ angelangt war. Er ließ sie gewähren, war fasziniert von ihrer Erzählung und gespannt, was noch alles kam.

»Weißt Du, dieselben Typen, die Schwule mit ›Arschficker‹ anpöbeln, sind selbst doch die größten! Weißt Du, worum es denen geht?«

Und nun kam Glanz in Alexandras Blick.

»Die wollen doch bloß Frauen zur Minna machen! Die wollen ihren ganzen Ärger, den sie zu Hause oder im Büro haben, an der Nutte ablassen. Die wollen sich für ihr bisschen Geld, dass sie im Puff lassen, einmal wie der große Zampano selbst fühlen! Da geht es nicht um Sex, sondern darum, einen Menschen benutzen zu können. Die zahlen und können machen, was sie wollen mit Dir! In alle Löcher ficken, sich die Stoßstange lecken, Dich vor ihnen knien lassen dabei, und zum Schluss Dir noch ihr Sperma ins Gesicht oder sonst wohin spritzen.

Als immer mehr so kranke Typen kamen, mussten wir uns etwas einfallen lassen. In der Regel schafften wir es, dass die auf normalem Wege schon so geil wurden, dass die gar nichts anderes mehr wollten. Die meisten waren sowieso froh, wenn wir die Initiative übernahmen. Und wenn wir beide einen gemeinsam bearbeiteten, war der ohnehin oft nicht richtig bei der Sache und kam früher als er wollte. Andere wiederum haben wir erst einmal abgefüllt. Das war ja auch im Sinne des Hauses, weil das Geschäft ja vor allem mit dem Alkohol gemacht wurde. Und wir ließen uns gerne mal einen Schampus oder Krimsekt spendieren. Das meiste davon tranken dann die Freier. Manche schliefen dann beim Sex ein. Wenn sie wieder wach waren, lobten wir sie immer über den Klee, was sie doch für tolle Typen waren. Auf diese Weise ging's uns dann schon besser. Eines Abends dann, irgendwann im Sommer, war mal absolute Flaute. Da kam Nadja zu mir. ›Komm Alex, das Bad ist gerade frei. Wir genehmigen uns ein Bad, ja?‹ Das ließ ich mir nicht zweimal sagen. Wir genossen die Pause und das warme Wasser in der großen Wanne. Nadja zog mich zu sich, strich mir über das Haar und begann, mir eine neue Idee zu unterbreiten. ›Alex, ich seh doch, wie Dich dieser Sexstress hier total mitnimmt.

Du bist stiller geworden, seit wir hier sind! Das macht mich traurig. Ich hatte da so eine Idee. Wir spielen Lehrerin und Schülerin und machen nur noch auf flotten Dreier. Die Typen ficken mich und Du tust so, als hättest Du keine Ahnung, guckst erst einmal nur zu und lässt Dich selber dann nur streicheln. Du kommst mir damit aus der Schussbahn!‹ Nadja strich mir mit dem Badeschwamm über das Gesicht, liebevoll wie eine Mutter oder große Schwester. Irgendwie war sie das immer für mich gewesen, dachte ich in dem Moment. Ich fühlte mich beschützt und willigte ein. Die neue Tour kam auch beim Chef gut an. Unser Dreier war bald gefragt, ich aber fühlte mich tatsächlich geschont dadurch. Ich musste ja nur noch einen Nebenpart spielen. Dafür sorgte Nadja schon. Ihr machte das Geficke ja nichts aus, solange sie bestimmen konnte, was gespielt wird. Und in der Regel brachte sie die Typen dazu, dass Sie bestimmte und die Sache ins Rollen brachte. Wir waren im Duett so gut, dass wir nicht getrennt wurden, als unser Chef in Eschwege seinen zweiten Club ›Bums 27‹ aufmachte. Der hieß eben so, weil er an der Bundesstraße 27 lag. Eine Fabrikantenvilla mit gepflegtem Garten hatte er dazu umgebaut. Wir sollten als eingespieltes Stutengespann, wie er uns nannte, mitkommen und ihm dort für einen guten Ruf sorgen. Die Konzession für unseren Einsatz in dem neuen Etablissement hatte er sich von Milan wohl erkauft. Denn es war wieder Milan, der den Transport dorthin unternahm. Also waren wir wohl nur ausgeliehen! Jedenfalls bekam ich einen Riesenschreck, als ich im Hinterhof vom Club plötzlich wieder dieser grinsenden Hackfresse gegenüberstand. Diesen Triumphzug ließ sich Milan nicht nehmen. Du glaubst nicht wie es die drei Stunden im Auto kalt war. Wir haben kein Wort miteinander gewechselt, die ganze Fahrt über. Milan hat sich nur mit Vadim unterhalten, der ihm als Fahrer auch noch treu geblieben war. Zum Schluss ließ er noch seine ganze Überlegenheit raushängen. ›Ich hab gehört, ihr Pferdchen bringt einen Preis nach dem anderen ein! Nur weiter so! Das lässt bei mir auch die Kassen klingeln. Und daran ist euch doch auch gelegen! Schließlich soll's denen zu Hause ja weiter so schön gut gehen!‹ Nadja spuckte vor ihm aus: ›Milan, Du bist und bleibst eine arme Sau!‹ Nein, Nadja ließ sich nicht erniedrigen! Die hatte Stolz! Dasselbe erlebten wir im Jahr darauf dann noch mal, als es weiter nach Erfurt ging. Aber die Geschichte kennst Du ja.«

Alexandra schluckte mit einem Mal. Jörg Schmiedeknecht merkte, dass sie an einen Punkt gekommen war, an dem sie nicht mehr weiterreden konnte. Auf der Fahrt nach Erfurt war Nadja ja ermordet worden. Alexandras Gesicht erstarrte. Das konnte Schmiedeknecht deutlich sehen. Und er wusste, dass der Gedanke an das, was damals geschehen war, Alexandra immer noch zu nahe ging. Er goss ihr den Rest Tee aus der Kanne nach und ging in die Küche.

»Möchten Sie vielleicht etwas essen? Ich habe noch Baguettes, die ich uns in den Ofen stecken könnte!«

Alexandras Gesicht erhellte sich wieder ein wenig. Schmiedeknecht wertete diesen Anflug von Sonnenschein als »Ja!« und kramte aus den Kartons in seinem Gefrierschrank je ein gefrorenes Schinken-, Pilz- und Tomaten-Mozzarella-Baguette auf ein Blech. Beim lauten Geschwirre des Umluftgebläses duftete es heimelig wie in einer Holzofenpizzeria. Alexandra wickelte sich in eine Decke ein und winkelte die Beine auf das Sofa. Eine Weile lang fanden die beiden einen Grund zum Schweigen, ohne dass es peinlich wurde. Schmiedeknecht schaute wieder auf die Straße hinaus, auf der sich nichts, aber auch gar nichts tat. Alles wirkte wie ausgestorben, wenn da nicht die

98

Kollegen in ihrem Zivilstreifenwagen gestanden hätten. Alexandra legte ihren Kopf auf die Rückenlehne und döste in dieser Stellung ein wenig mit offenen Augen. Schmiedeknecht nutzte die Gelegenheit, um aufs Klo zu gehen. Als er zurück kam, waren die Baguettes fertig. Er teilte sie brüderlich quer durch und legte die sechs Hälften auf einen seiner großen schwarzen Teller. Dazu öffnete er zwei Flaschen alkoholfreies Bier. Aus der einen Flasche goss er in ein Glas für Alexandra. Das andere Bier nahm er in die Hand und beide stießen wortlos an. Alexandra biss herzhaft in ihr Tomaten-Mozzarella-Brot.

»Hm, schmeckt gar nicht schlecht!«, lobte sie Schmiedeknecht für seine fürsorgliche Aktion in der Küche. »Den Rest meiner Geschichte kennst Du ja noch nicht«, fuhr sie nun mit Erzählen fort.

»Mit Erwin in Erfurt hatte ich einen Glücksgriff getan. Dachte ich jedenfalls zunächst. Er hatte mich nur für ›höhere‹ Aufgaben vorgesehen, wie er es nannte. Reiner Escortdienst. Ich war fortan die Dame an der Seite irgendwelcher, unbeweibt angereister Diplomaten, Geschäftsleute oder sonstiger hoher Tiere. Gepflegtes Aussehen und ebensolche Konversation waren gefragt. Sex nur, wenn ich es wollte. Und ich wollte es eigentlich nie.

99

Ich war nun einmal korrekt, aber unnahbar. Ein Klient, ja so nannten sich die Freier ab nun, meinte einmal, ich besäße die erfrischende Kühle des Nordens. Der war zu irgendeinem Geschäftsabschluss aus Hamburg nach Arnstadt gekommen, erzählte den ganzen Abend nur etwas von Flugzeugbau, als wir essen waren. Im Theater ist er dann an meiner Schulter eingeschlafen. Ach, ich merk schon, ich schweife ab.

Entscheidend war«, dabei zeigte sie mit ihrem zweiten Brot auf Jörg, als wolle sie ihre Aussage damit bekräftigen, »dass ich an den Einnahmen beteiligt war. Erwin hatte mir ein Konto eingerichtet, sagte er jedenfalls. Regelmäßig zahlte er meinen Anteil darauf ein. ›Für später‹, sagte er. ›Du möchtest bei mir doch nicht versauern, oder?‹ Erst viel später begriff ich, was für eine linke Tour Erwin fuhr.

Jedenfalls lernte ich eines Tages Karl-Heinz kennen. Der war Teil einer Delegation des Wirtschaftsministeriums. Ich war auserkoren worden, einen Firmenboss aus Rumänien zu begleiten. So ein Fettsack von Mann. Zigarren hat der geraucht, sag ich Dir! Der war der Boss von einem Autoteilezulieferer. Wir fuhren dann den ganzen Tag durch halb Thüringen, schauten uns

Firmen bei Ilmenau an, besuchten ein Werk in Mühlhausen und zum krönenden Abschluss Opel in Eisenach. Ich konnte endlich wieder einmal Rumänisch reden. Und dadurch hatten die sich auch noch die Dolmetscherin gespart, denn Deutsch hatte ich bis dahin schon gut drauf. Ich weiß bis heute nicht, wie die damals ausgerechnet auf mich kamen. Der Dicke amüsierte sich jedenfalls köstlich mit mir. Mir taten zum Schluss nur die Beine höllisch weh von dem ganzen Rumgelaufe in endlosen Werkshallen. Ich war froh, dass wir zum Abschluss kamen, und der hieß >Galadiner in Schloss Molsdorf<. Da bemerkte ich Karl-Heinz das erste Mal. Der saß genau mir gegenüber. Aber neben ihm eine bildhübsche, junge Assistentin. Meinst Du die hätte der eines Blickes gewürdigt? Der schaute dauernd mich an. Mit einem bewundernden Blick in den Augen! Ich übersetzte, was der Dicke sagte, alles hörte mir zu, alles lachte über die Witze des Dicken, die ich offensichtlich passend übersetzt hatte, und prostete ihm zu. Mir war in dem Moment nicht klar, wer eigentlich mehr an dem Geschäft interessiert war, der Rumäne oder die Thüringer. Bevor der Nachtisch gereicht wurde, ging ich mich erst einmal frisch machen. Auf dem Rückweg begegnete mir Karl-Heinz das erste Mal, hielt mich kurz an und lobte meine deutsche Aussprache. Dabei musterte er mich von oben bis unten, so dass ich mir ein Lächeln nicht verkneifen konnte. Irgendwie fand ich ihn anziehend in diesem Moment, mit seiner etwas schief hängenden Fliege über dem ausgeliehenen Frack und seinen mühsam zur Seite gekämmten Haaren über der dickrandigen Brille. Er hatte eher etwas von einem Philosophen als vom ›Abteilungsleiter Wirschaftsförderung‹. Als wir zurück waren, stand die Champagnercreme schon auf dem Tisch. Der Dicke hatte seine schon gelöffelt und ich bat ihn, meine auch noch zu nehmen. Ich musste schließlich auf meine Linie achten. Karl-Heinz war auch an seinem Platz und schaute wieder unentwegt zu mir.« Alexandra nippte noch einmal an ihrem Tee und hielt inne. Dann fuhr sie fort: »Jedenfalls ging es danach noch richtig zur Sache. Die Ober kamen kaum hinterher, neue Wodkaflaschen zu bringen. Dann hatte der Dicke mit einem kleinen Orchester und einem Chor aus sechs Sängerinnen und vier Sängern noch einen Trumpf aus dem Ärmel gezogen. Die hatte er aus seiner Heimat mit im Gefolge gehabt. Eine Trachtengruppe. Die sahen wirklich aus, als wären sie direkt aus der Walachei angereist. Und die Stimmung war super und die Geschäfte danach wohl in Sack und Tüten. Am nächsten Tag hatte ich dann ein Date. Karl-Heinz hatte wohl herausbekommen, woher ich kam und mich bei Erwin für sich geordert. Das gab es bis dahin nicht, dass mich einer für sich alleine wollte! Mir war vielleicht flau, als ich auf den wartete. Und als dann der schwarze Audi vorfuhr, war ich fast erleichtert, als Karl-Heinz am Steuer saß. So viel war ich ihm also wert, dass er als Ministerialbeamter die hundert Euro pro Stunde, die der Begleitservice kostet, aufbrachte.«

Alexandra hielt kurz inne, zog Falten auf der Stirn und wurde ganz ernst.

»Warum erzähl ich Dir das eigentlich alles?«

Alexandra nahm ihre Tasse und trank von ihrem Tee, der mittlerweile schon nicht mal mehr lauwarm gewesen sein dürfte.

Dann fuhr sie fort: »Weißt Du, Jörg, natürlich war es anfangs schön mit Karl-Heinz. Aber das ist für mich schon so lange her!«

Jörg hatte immer noch seinen interessierten Frauenversteherblick drauf.

»Natürlich war es schön gewesen zu heiraten. Auch wenn es nur auf dem Standesamt gewesen ist. Danach sind wir gleich für zwei Wochen auf Hochzeitsreise gegangen. Schon der Flug war atemberaubend gewesen. Ich war doch vorher noch nie mit dem Flugzeug geflogen, und dann gleich so weit. Karl-Heinz hatte nämlich ein Strandhaus nur für uns beide auf den Malediven gemietet. Was das gekostet hat, habe ich ihn nicht gefragt. Er wollte jedenfalls dorthin, solange es die Inseln noch gibt. Wegen der Klimaerwärmung, weißt Du! Wir hatten in der ersten Zeit natürlich ständig Sex. Mehr vielleicht als andere Paare. Aber ich liebte ihn und hatte es gerne. Und ich musste mich ja auch nicht mehr von irgendwelchen Fremden begrapschen lassen. Aber das dauerte nicht lange. Irgendwann hat er den totalen Knall gehabt! Ich weiß nicht, ob es daran lag war, dass er im Ministerium immer nur den Lacky machen musste? Aber eines Tages brachte er aus dem Dienst einen seiner Vorgesetzten mit. Wir aßen gemeinsam zu Abend. Da hat der am Tisch schon immer irgendwie süffisant zu mir geschaut. Als ich gerade mit den Tellern in die Küche gegangen war, kam Karl-Heinz hinter mir her. Ich solle jetzt schön brav sein, der Paul sei nur wegen mir hier und wenn wir nachher in unser Schlafzimmer gingen, wolle der zuschauen! Mir ging in dem Moment vor Zorn der Hut hoch. Meine Hand holte zur Ohrfeige aus, aber Karl-Heinz hielt sie fest. Ich hatte noch nicht gewusst, dass er so viel Kraft hatte. Jedenfalls bezwang er mich und hielt mich und erklärte, dass es Schwierigkeiten gebe, wenn ich es nicht machte. Er habe Geld unterschlagen, viel Geld, und wenn ich nicht mitmache, würde der Paul ihn anzeigen. Jörg, verstehst Du, dieses kleine Glück mit Karl-Heinz, war damit auch vorbei. Und ich hab bei der ganzen Sache wieder richtig tief ins Klo gefasst! Beim Zuschauen blieb es nicht, wie Du Dir denken kannst! Ein flotter Dreier, dann musste ich mit Paul alleine Sex haben. Und alles in unserem Ehebett oder im Wohnzimmer oder auf der Terrasse, wo der gerade wollte. Unser Haus wurde mein neues Gefängnis. Und ich bin nicht abgehauen. Ich hatte immer solche Angst, die würden mich verfolgen, stellen und sonst etwas mit mir machen. Und wenn es nur dazu führen würde, dass Karl-Heinz sich scheiden ließ und ich nach Rumänien ausgewiesen worden wäre. Aber das habe ich Dir und Deiner Chefin ja gleich zu Anfang gesagt.«

Alexandra war ganz heiß geworden, als ihr die Erinnerungen an die Erlebnisse mit Karl-Heinz wieder hoch gekommen waren. Sie stand auf und ging ein paar Schritte durch den großen Raum, schnappte sich dann ein großes Sofakissen und begann darauf einzuschlagen. »Dieser verdammte Mistkerl!«, schrie sie plötzlich voller Wut. Dann beruhigte sie sich wieder ein wenig und im Gehen erzählte sie weiter. »Weißt Du, was ich dann noch erfahren habe?«

»Nein«, sagte Jörg erwartungsvoll.

»Ich ließ mir das nicht gefallen von Karl-Heinz und stellte Forderungen. Zunächst sollte er mir von meinem Geld ein eigenes Konto einrichten. Und was erklärt mir der Kerl? Ich hätte kein eigenes Geld. Das wäre alles bei Erwin geblieben, als er mich gekauft habe!«

Jörg riss vor Abscheu die Augen weit auf.

»Kannst Du Dir denken, wie ich mich da fühlte?«, fuhr Alexandra mit Tränen in den Augen fort. »Ich bin dem an die Gurgel gegangen. Der war so was von überrascht, dass ich ihn hätte umbringen können in dem Moment. Zum Glück konnte ich mich gerade noch zurückhalten. Aber einen Tritt in die Eier habe ich ihm noch verpasst, nachdem ich meinen Griff gelockert hatte. Seitdem gehen wir uns aus dem Weg. Ich habe danach auch immer im Gästezimmer geschlafen. Ich hatte plötzlich nur noch Hassgefühle für ihn übrig. Bloß wenn Paul im Haus war, hat er wieder Macht über mich gehabt. Ab da war es nur eklig, wenn er sich mir näherte. Noch acht Monate wären es bis zu meiner Freiheit gewesen, acht lange Monate. Weißt Du, wie ich geschrien hab vor Glück, als die Meldung von Dimitrus Festnahme im Fernsehen gebracht wurde? Ich habe nicht lange nachgedacht. Karl-Heinz war ausgerechnet an diesem Abend auf Dienstreise in Berlin. Den Rest kennst Du ja!« Alexandra blickte Jörg mit ihren großen Augen an. Der konnte nun nicht anders, als sie tröstend erst einmal in den Arm zu nehmen.

14

Ein Schwall frischer Frühlingsluft schwappte durch den Spaltbreit des Schlafzimmerfensters bis an ihr Bett und strich ihr sanft über die Wange. Irgendein undefinierbarer Blütenduft kam ihr in die Nase. Die Sonne stand schon hoch genug und ließ das große Mohnblütendekor auf ihren Gardinen leuchten. Carola Henning fühlte sich sauwohl in ihrem flauschigen Bettzeug. Für gewöhnlich wäre sie immer schon seit 6 Uhr auf Achse gewesen, hätte mit Britt einen Lauf absolviert. Heute, da Britt auf Reisen zu den Schätzen der Antike war, hatte Henning endlich einmal ausgeschlafen. Seit langem mal wieder. Sie setzte sich auf die Bettkante und schaute auf ihr Lieblingsbild von Van Gogh, einen großformatigen Kunstdruck des Weizenfeldes mit den auffliegenden Krähen. Ein breiter Lichtstrahl, der durchs Fenster drang, ließ gerade in diesem Moment das helle Gelb des reifen Weizens besonders hell erstrahlen.

Carola Henning blickte noch einmal auf die nicht gerade problemlosen Ereignisse der letzten Tage zurück. Der Prozess im Schwurgerichtssaal des Mühlhäuser Landgerichts im Fall der ermordeten Nadja Popescu war nun in die entscheidende Phase eingetreten. Henning war froh, dass der Zeugin Alexandra eine öffentliche Vernehmung erspart geblieben war. Sie hatten sie, wie versprochen, abschirmen, vor ihren Verfolgern schützen und ihr eine neue Identität verschaffen können. Sie hatte längst ein anderes Aussehen, einen anderen Namen und konnte an einem Ort ihrer Wahl eine Sicherheitswohnung beziehen, die gerade frei geworden war. Ihre Aussage hatte sie zur Hauptbelastungszeugin für Milan Dimitru gemacht. Sie hatten also die Mordwaffe, sie hatten Alexandra, die wichtige Hinweise auf die Tat gab und sie hatten die akribisch genaue Beweisaufnahme vom Fundort der Leiche, der sich ja auch als Tatort herausgestellt hatte. Alle Ergebnisse der kriminaltechnischen Untersuchungen hatte Carola Henning dem Vorsitzenden Richter verständlich dargebracht. Das

Opfer musste gerannt sein, beim Rennen den einen Stöckelabsatz verloren haben, davon rührten die Schürfwunden an Knie und Händen und dann muss der einzige Schuss in die Stirn der liegenden Frau schon tödlich gewesen sein. Die Blutlache auf dem Weg zeugte davon. Die Leiche wurde dann fünf Meter weiter geschleppt und an Ort und Stelle mit dem Reisig aus der Umgebung zugedeckt. Aber überzeugt von Dimitru als Täter war Richter Breitsamer letztlich nicht. Dabei passte Dimitru ins Täterschema wie der Arsch auf den Eimer. Von der Mutter nicht geliebt, vom Stiefvater ständig geschlagen, wurde er selbst früh gewalttätig. Dann seine Mitgliedschaft in der Securitate. Da hatte er das Töten gelernt. Die hatte ihn aber auch vor Verurteilung und Haft in seinem Heimatland bewahrt. Dann der belegte Vorwurf des Menschenhandels, räuberischen Einbruchsdiebstahls in mehreren Fällen, Körperverletzung, unerlaubter Waffenbesitz, versuchter Mord an seinem Komplizen. All das war nach seiner Festnahme ja schon verhandelt worden und hatte ihm achteinhalb Jahre eingebracht. Aber letztlich schien Breitsamer wohl immer noch der alles entscheidende Beweis zu fehlen. Was erwartet der denn noch? Es hat Dimitru nun mal niemand gesehen, wie er auf die wehrlose

Popescu geschossen hat. Schmauchspuren und Blut an seiner Kleidung standen nach so langen Jahren natürlich nicht mehr zur Verfügung. Und Dimitru und sein Fahrer schweigen immer noch wie die Gräber. Die haben sich als so abgebrüht erwiesen, dass sie jeder Methode bisher standgehalten haben.

Carola Henning geriet ein wenig in Wallungen. Sie hielt kurz inne und musste sich selbst beruhigen. *Carola, ruhig Blut, Du kannst sonst nicht mehr klar denken, das weißt Du!,* redete sie sich im Inneren gut zu. Von den einfallenden Sonnenstrahlen ließ sie sich auf ihren Balkon locken. Das Licht schien geradezu ihr Herz zu durchfluten. Im Pyjama blickte sie von dort hinüber zu den Dächern der Innenstadt. *Das ist genau das, was ich schon lange vermisst habe,* dachte sie. *Ich werde etwas für mich tun, frische Brötchen holen und gemütlich frühstücken*, beschloss sie. Sie ging wieder rein, nahm eine Wohlfühldusche, legte sich bequeme Kleidung an und machte sich auf nach draußen. Ihr Weg führte sie schnurstracks zum Backshop im Einkaufsmarkt an der Ecke. Mit zwei duftenden Sesambrötchen kam sie wieder raus und schlenderte am Frisör und am Chinalädchen bis zum Kiosk weiter. Mit einem Klingeln drückte sie die Eingangstüre auf und begrüßte mit freudigem Lächeln die Inhaberin. »Guten Morgen, Frau Schlindwein!«

Die schon in Ehren ergraute Endfünfzigerin in bunt gemusterter Kittelschürze und mit Lesebrille auf der Nase, legte ihr Kreuzworträtselheft weg und stand aus ihrem Korbsessel, in dem sie es sich gemütlich gemacht hatte, auf. »Guten Morgen, Frau Henning. Sie haben mich ja schon lange nicht mehr beehrt!«, freute sie sich.

»Ja, Frau Schlindwein. Sie wissen ja, was ich von Beruf bin. Ich komme manchmal tagelang nicht zum Einkaufen. Aber heute ist mir mal wieder nach einer Zeitung. Also geben Sie mir doch bitte einen Thüringer Generalanzeiger.«

»Bitte schön, das macht einen Euro zwanzig. Aber sagen Sie mal, ist das nicht schlimm mit diesem Rumänen! Wenn Sie mich fragen, der ist doch durch und durch böse. Dem traue ich alles zu. Ich frage mich bloß, warum man den nicht schon längst verknackt hat. Zweimal lebenslänglich hat der verdient. Aber mich fragt ja niemand.« »Nein, Frau Schlindwein, in diesem Fall leider nicht. Selbstjustiz ist bei uns ausgeschlossen. Unser Rechtssystem ist so aufgebaut, dass möglichst keine Unschuldigen verurteilt werden. Aber ich kann sie ja verstehen. Mir platzt vor Ungeduld bei einem so klaren Fall wie diesem auch manchmal der Kragen. Aber es muss die Schuld eben einwandfrei nachgewiesen werden. Und die Beweise reichen dem Richter im Mühlhäuser Landgericht eben noch nicht aus!«

»Aber ihr macht doch heute alles mit dem genetischen Fingerabdruck. Das steht doch so oft in der Zeitung, dass sogar uralte Morde wieder aufgerollt werden. Frau Henning, das wäre doch gelacht, wenn dieser Dreckskerl durch die Maschen ginge!« »Frau Schlindwein, sie haben ja vollkommen recht, aber dafür müssen wir gesicherte Spuren vorweisen können. Machen Sie's gut an diesem schönen Tag!«

»Tschüss, Frau Henning, und viel Glück!«

Carola Henning schlenderte unter den alten Baumhaseln am Gehweg zurück nach Hause und machte sich erst einmal einen Kaffee, schnitt ihre Brötchen auf und setzte sich mit ihrem ganzen Frühstückskram, den sie sich auf ein Tablett gepackt hatte, nach draußen auf den Balkon. Sie butterte eine Brötchenhälfte, strich aus dem Glas, das ihr Britt liebevoll beklebt hatte, Erdbeerkonfitüre darauf, goss sich aus ihrer Rügenkanne mit dem Mohndekor ihren dampfgerösteten Kaffee ein und nahm erst einmal einen Schluck. Den milden und aromatischen

Kaffeegeschmack auf der Zunge kam ihr der Gedanke:

»Mensch, Monika hat eigentlich den richtigen Gedanken gehabt. Wieso komme ich bloß erst jetzt darauf?«, sagte sie halblaut zu sich selbst.

Klar, wenn wir irgend etwas für eine Genanalyse bei Nadja Popescu finden würden!?, dachte sie weiter. Und ich weiß auch schon, wo wir suchen müssen! Alexandra sagte doch aus, Dimitru wäre aus dem Wald humpelnd und mit einem Blutfleck an der Hose wieder gekommen. Was, wenn das gar nicht Nadja Popescus Blut war, wie wir immer angenommen haben, sondern sein eigenes!? Vielleicht hat die ihn ja noch ins Schienbein treten können, als die da auf dem Schotterweg lag!

Gleich am Montag wollte sie die Staatsanwältin anrufen, um weitere Untersuchungen einzuleiten. Aber mit dem ruhigen Frühstück war es nun vorbei, so aufgeregt, wie sie nun wieder war.

»Der aus dem Hausbrunnen geborgene Hirschfänger konnte auf Grund von Blutanhaftungen in einer Ritze des Schaftes eindeutig als Tatwaffe identifiziert werden«, diktierte Carola Henning in ihr Gerät. »Das Fragment eines Fingerabdrucks an der Klinge konnte eindeutig dem Daumenabdruck von

113

Erwin Zorgmeister zugeordnet und dieser damit als Täter überführt werden. Ein Geständnis steht noch aus.« »Punkt, Komma, Strich. Wenn alle Fälle so einfach wären, wie dieser!«, witzelte sie und Hans-Jörg Schmiedeknecht, der am Nachbarschreibtisch ebenfalls hektisch in die Tasten hackte, hatte wieder einmal einen Grund zum Schmunzeln.

Rrrring! Rrrring! Das auf altmodisch eingestellte Telefon unterbrach plötzlich die freudige Situation. Carola Henning ging sofort ran.

»Na, Helmut, was gibt's? - Ist das wahr? – Na super!« Und an ihren Kollegen gewandt: »Jörg, die haben doch tatsächlich in der Naht von Nadja Popescus Schuhspitze kleine Blutbröckchen gefunden. Oh Mann, wenn die nicht von Dimitru sind, fress ich einen Besen!«

»Das werden wir ja bald wissen, Chef! Wenn die nicht von ihm sind, diese Bröckchen, wegen mir reicht auch ein Handbesen!«

Im selben Augenblick musste sich Schmiedeknecht auch schon ducken, um nicht von dem Radiergummi getroffen zu werden, der durch die Luft geflogen kam.

Nach dieser Spaßeinlage setzte sich Carola Henning ans Telefon und drückte im Adressbuch ihres Dienstapparates die Direktwahl von Staatsanwalt

Hubert Jannings. Nach dreimaligem Klingeln hob er ab und Carola Henning meldete ihm gleich den neuen Stand.

»Herr Jannings, ja hallo, ich rufe Sie noch einmal im Fall Dimitru an. Die KTU hat die Stiefel des Opfers noch einmal untersucht und in einer Naht Blutbröckchen gefunden. Aufgrund der Schilderung unserer Zeugin, die Dimitru hinkend und mit Blutfleck am Bein vom Tatort zurückkehren sah, ist davon auszugehen, dass dieses Blut nicht vom Opfer stammt. Ich möchte Sie bitten, bei Richter Breitsamer eine DNA-Analyse der Probe und einen Abgleich mit einer Probe von Dimitru zu beantragen. Kein Problem? Das höre ich gerne, Jannings. Ich hoffe doch dadurch endlich den hieb- und stichfesten Beweis zu bekommen. Ja, wiederhören!«

»Jörg, wenn das jetzt nichts wird, dann kannst Du mich Emma nennen!« - »Na dann, Chef, wollen wir mal hoffen!«

15

Mit einem Ruck öffnete sich die Terracotta-farbene Tür zu Saal VIII des Mühlhäuser Landgerichts.

Heraus kam, an Handschellen und von zwei Vollzugsbeamten begleitet, jener junge Mann, der im August in einer Heiligenstädter Tankstelle eine Cola gestohlen und den Tankwart niedergestochen hatte, als der sich dem Dieb in den Weg stellte. Die Vernehmung des Angeklagten zu seiner Tat hatte drei Stunden gedauert und war gerade zu Ende gegangen. Der Mann hatte seine Basecap wieder auf, kaute Kaugummi und schien genervt zu sein. Kein Anflug irgendeiner emotionalen Regung war im Gesicht des schlacksigen Einmeterneunzigmannes zu erkennen. Außer, dass er vielleicht von der vielen Fragerei etwas geschafft und gleichzeitig froh zu sein schien, endlich wieder in seine Zelle zu kommen. Mit den Beamten verließ er unverzüglich über das hintere Treppenhaus den Gang. Ihm folgten in Eile all jene, die am Tod des Heiligenstädter Tankwarts Anteil nahmen, Verwandte, Bekannte und Neugierige, die zum Teil bisher keinen Prozesstag ausgelassen hatten. In Eile deshalb, da trotz Klimaanlage im Saal zum Schluss offensichtlich dicke Luft geherrscht hatte. Der Saal leerte sich fast vollkommen. Bis auf den anderen, etwas korpulenten Einmeterneunzigmann, der sich für den Tag im Landgericht unter seine schwarze Fotografenweste ein blaues Pilotenhemd angezogen hatte. Er meinte wohl, damit dem hohen Gericht seinen Respekt entgegen bringen zu können. René Kindervater nutzte die Pause, während der durch die geöffnete Tür frische Luft in den Saal gelassen wurde, um seinen Artikel über die soeben mühsam aus dem jungen Angeklagten herausgequetschten Bekenntnisse fertig zu schreiben. Schließlich sollte er brandheiß am nächsten Tag schon im Mühlhäuser Tagesanzeiger erscheinen. So war in dem großen Saal nur das leise Geklapper von Kindervaters Laptop zu hören, als eine junge, langhaarige Frau durch die Tür hinein lugte.

»Bin ich hier richtig zur Urteilsverkündung im Fall Nadja Popescu?«, fragte sie in den Raum hinein. Kindervater zuckte ein wenig zusammen, drehte sich um und den Ärger über diese Frage konnte man ihm im Gesicht ansehen, wurde er doch gerade recht rücksichtslos beim Schreiben gestört. Der verflog jedoch sofort beim Anblick der jungen Dame und wechselte zu einem freundlichen Lächeln.

»Ja, Sie sind hier goldrichtig!«, bekam sie also zur Antwort. Und Kindervater wandte den Kopf wieder seinem Bildschirm zu und fand auch gleich wieder den Faden, um an seinem Artikel weiterzuklackern. Die junge Dame hingegen kam mit zwei Männern in den Saal hinein. Kindervater blickte sich noch einmal kurz um und erkannte an der sperrigen Kamera, dass die Kollegen vom Ostdeutschen Rundfunk auch Interesse an dem nun folgenden Fall gefunden zu haben schienen. Leise, um den Journalisten nicht zu stören, unterhielten sich die drei Neuankömmlinge über Kameraposition, Lichtverhältnisse, über den Einsatz des Spiegels oder der Lampe und andere technische Fragen. Kindervater, der erfahrene Schnellschreiber, war gerade dabei, den Artikel an die Redaktion zu schicken, als er den Schatten einer Gestalt an sich vorüberhuschen sah. *Das muss sie sein*, dachte er und drehte sich um. Tatsächlich, dort auf der rechten Seite der zweiten Sitzreihe saß sie wieder, die hagere, etwa sechzigjährige Frau mit blonder Prinz-Eisenherz-Frisur. Eine pastellgrüne Bluse über dem braunen Faltenrock trug sie heute unter ihrer Trachtenjacke. Geschminkt war sie, wie immer, nur dezent und offensichtlich alles andere als darauf gefasst, dass der Mittvierziger von der Mühlhäuser Lokalredaktion sich gleich an sie wenden würde. Ganz erschrocken blickte sie, als der Riese plötzlich aufstand und sich ihr zuwandte: »Guten Tag, René Kindervater mein Name, vom Mühlhäuser Tagesanzeiger. Wenn ich ihnen ein paar Fragen stellen dürfte?«

118

»Ja, ich kenne Sie. Sie schreiben immer so packende Berichte aus den Mühlhäuser Strafgerichten. Fragen Sie nur!«

»Sie sind fast die Einzige, die ich an den Verhandlungstagen im Fall ›Milan Dimitru‹ hier im Schwurgerichtssaal bisher angetroffen habe! Was interessiert Sie an diesem Fall?«

»Ja, ich habe mich auch schon gewundert, dass fast nie jemand anders im Publikum sitzt! Aber wissen Sie, was hat das alles mit Mühlhausen zu tun, außer dass diese Nutte hier umgebracht wurde? Das denken doch die Leute! Der Heiligenstädter Tankstellenmord füllt den Saal, weil den Mann ja viele kannten und weil er sozusagen einer von uns war.

Aber ich finde nun mal jeden Mord interessant und ich interessiere mich für die Opfer. Und dafür, dass die Täter eine gerechte Strafe erhalten.

Diese Mädchen mit falschen Versprechungen nach Deutschland zu locken und sie dort zu Sexsklavinnen zu machen, finde ich einfach widerlich! Allein das sollte schon für lebenslänglich reichen!«

Die Frau legte dem Reporter ihre linke Hand auf die seine und blickte ihn direkt an, als wollte sie in ihm einen Anflug von Bestätigung suchen. Kindervater zuckte, zog seine Hand weg und fragte weiter: »Ich habe Sie noch gar nicht nach ihrem Namen gefragt!« »Irmgard Müller, Ihre Kollegen kennen mich, ich war lange Jahre Lehrerin an der Petrischule, hab mich dann aber früh verrenten lassen. Ich habe das einfach nicht mehr geschafft. Die Jugendlichen wurden nach der Wende einfach immer respektloser. Das hat mich geschafft! Aber egal. Ich habe ja nun mehr Zeit für meine Hobbies. Und eines davon ist nun mal die Kriminalistik.

Aber kommen wir doch einmal zu diesem Fall zurück. Ich gehe davon aus, dass Richter Breitsamer die Höchststrafe verhängen wird. Da mag dieser Milan weiter schweigen wie ein Grab. Die Indizienkette wurde Punkt für Punkt durch Beweise untermauert. Nachdem das Täterblut am Stiefel des Opfers eindeutig diesem Milan zugeordnet werden konnte, war doch selbst für den Verteidiger die Schuld seines Mandanten erwiesen. Der hat doch dann wegen der schwierigen Kindheit dieses Milan auf mildernde Umstände plädiert. Aber die wird er kaum bekommen. Der ist das Haupt einer ganzen Verbrecherbande. Und hat bei der Aufklärung des Falles in keinster Weise mitgeholfen. Wegen dem hat sich die Verhandlung schließlich so lange hingezogen. Es konnte ja nur mit den Indizien gearbeitet werden. Und da war Richter Breitsamer unerbittlich. Der hat so lange darauf herumgeritten, bis jedes Detail von allen Seiten betrachtet und bis ins Kleinste analysiert war. Und da hat doch zum Schluss alles gegen Dimitru gesprochen. Dass der dann nicht ausgepackt hat!? Aber wissen Sie, was mir am meisten gefallen hat? Dass es nun dieses Opferschutzprogramm gibt! Dieser jungen Frau wurde die Schmach erspart, hier vor Gericht ihre Aussagen zu machen und sich eventuell weiterer Verfolgung auszusetzen. Die hätte man doch als nächste umgebracht. Heute reicht eben ein Filmmitschnitt der Vernehmung. Und die Öffentlichkeit konnte in dem Fall auch ausgeschlossen werden. Die Aussage wurde ja im Saal anschließend noch einmal verlesen!

So jetzt habe ich aber genug geplaudert. Sie schreiben das doch wohl hoffentlich nicht alles?«

»Nein, da brauchen Sie sich keine Sorgen machen. Davon verwende ich vielleicht nur zwei Sätze. Und Ihren Namen lasse ich selbstverständlich raus, wenn Sie möchten.«

In dem Augenblick öffnete sich die Tür ein zweites Mal und der Saal färbte sich mit dem Eintreffen von gleich vier Vollzugsbeamten etwas blauer. In schwarzer Robe kam dann zunächst Staatsanwalt Jannings herein und nahm an der Fensterseite Platz. Dann passierte das, worauf das Fernsehteam gewartet hatte. Durch das hintere Treppenhaus, das kurz vor der Saaltür endete, betrat, wieder von zwei Beamten flankiert und durch eine Fußfessel am ausladenden Schreiten gehindert, der Angeklagte den Saal, seinen Anwalt im Schlepptau, einen hageren Mittvierziger mit leicht angegrautem, kurzem Haar, modischer Brille und frisch-herbem Blick im Gesicht.

Milan Dimitru schaute stahlhart und undurchdringlich und setzte sich auf den Stuhl an der Anklagebank. Er schien nichts zu verstecken zu haben, wie manch anderer Angeklagter vor ihm, den der Saal schon mit vorgehaltenen Aktendeckeln und über den Kopf gezogenen Jacken gesehen hatte. Er blickte unverwandt an der Kamera vorbei, die sich auf ihn gerichtet hatte, sobald er den ersten Schritt in den Saal gesetzt hatte. Er hatte, wie man es von ihm kannte, über das schwarze Poloshirt zur blauen Jeans eine hellbraune Lederjacke an, faltete die Hände auf dem Tisch und streckte gelangweilt die Beine nach vorne. Anwalt Wedemeier setzte sich daneben und starrte genauso stumm in den fast leeren Saal. Die beiden schienen sich nichts zu sagen zu haben.

Dann öffnete sich unmerklich die hintere Tür des Saales, alle Anwesenden standen auf und das fünfköpfige Schwurgericht betrat im Gänsemarsch den hinteren Bereich. Etwas pikiert blickte der vorsitzende Richter, ein korpulenter Mann mit goldrandiger Brille und nach vorne gekämmtem, kurzem und schütterem Haar, als der Angeklagte seine fast liegende Haltung bei seinem Eintreten nicht änderte, um mit dem zweiten Blick fast regungslos dem ihm am nächsten stehenden Saalordner anzuzeigen, in dieser Sache aktiv zu werden. Unterstützt durch ein Handzeichen forderte er Dimitru auf, sich zu erheben. Der folgte dieser Aufforderung nur widerwillig und stand dann mit einem ärgerlichen Ausdruck im Gesicht in der Anklagebank.

»Sie können sich nun wieder setzen!«, bedeutete Richter Joachim Breitsamer nach diesem kurzen Zwischenfall den Leuten im Saal.

Dann nahm das Hohe Gericht in den viel zu großen Ledersesseln Platz. Der fast leere Saal tat es ihm nach und es entstand ein Augenblick der Stille, der sogar das Geschimpfe einer Schar Spatzen nach innen dringen ließ, obwohl die schusssicheren Fenster schon längst wieder geschlossen waren.

Der Moment wurde von Richter Breitsamer jäh unterbrochen, der nun mit seinem, für die Urteilsverkündung vorgesehenen Monolog begann:

»Meine Damen und Herren, mit der Verkündung des Urteils kommen wir heute in einem Prozess zum Ende, dessen Fall aufgrund fehlender Hinweise lange nicht geklärt werden konnte und der sich länger hinzog, als man zunächst gehofft hatte. Der Angeklagte, Herr Milan Dimitru, machte von seinem Aussageverweigerungsrecht Gebrauch, so dass für die Klärung des Falles eine detaillierte Darstellung der Geschehnisse nur aus Indizien und durch Zeugenaussagen hergeleitet werden konnte. Dies ist durch eine akribisch genaue Spurensicherung und kriminaltechnische Untersuchung vor Ort und im Labor, sowie durch die Ermittlungsarbeit der zuständigen Behörde in Nordhausen, hinreichend und für die Lösung des Falles mehr als ausreichend möglich geworden.

Der Angeklagte, Dimitru, Milan, als rumänischer Staatsbürger ausgewiesen durch den rumänischen Reisepass Nr. XR 7200381453 S, wurde am 23.12.1970 in Orsova geboren. Er war bis zum Schluss in Rumäniens Hauptstadt Bucuresti polizeilich gemeldet. Es besteht eine Vorstrafe von achteinhalb Jahren ohne Bewährung wegen mehrfachen schweren Einbruchdiebstahls, Körperverletzung, Widerstand gegen die Staatsgewalt, unerlaubten Waffenbesitzes und versuchten Mordes. Der Fall wurde ebenfalls im Landgericht Mühlhausen verhandelt. Der Angeklagte verbüßt seither seine Strafe in der Justizvollzugsanstalt Gräfentonna. Weitere Angaben zur Person erbrachten Zeugenaussagen. Demnach ist die Mutter des Angeklagten serbischer Herkunft. Dimitru sei zweisprachig aufgewachsen. In seiner Kindheit und Jugend soll er ständig häuslicher Gewalt ausgesetzt gewesen sein. Er besuchte eine Art Elementarschule, die er nach der sechsten Klasse verließ. Er musste danach in der Werkstatt seines Vaters helfen, einem selbständigen Automechaniker in Orsova. Mit Beginn der Bosnienkriege soll er sich nach Serbien abgesetzt haben, um dort auf serbischer Seite als Söldner zu dienen. Danach begann offensichtlich der bis dato andauernde Lebensabschnitt, der ihn mehrfach, auch für längere Zeit nach Deutschland führte, wo es zu zahlreichen Verstößen gegen das Strafgesetz kam. Ich bin vorhin bereits auf die Vorverurteilungen zu sprechen gekommen. Nicht angezeigt wurde bislang verbrecherischer Menschenhandel. Dafür liegen jedoch Hinweise vor. Auch die ihm zur Last gelegten insgesamt neunundzwanzig Autodiebstähle konnten ihm mangels Spuren bisher nicht nachgewiesen werden.

Der Angeklagte wurde von mehreren Zeugen erkannt, darunter zwei Bordellbesitzer aus Eschwege und Erfurt, sowie der Bruder des Mordopfers und im Fall der Einbruchdiebstähle auf Banken mit festgenommenen Komplizen des Angeklagten Popescu, sowie deren Freundin. Der Name der Frau ist dem Gericht bekannt, wird aber aus Gründen des Opferschutzes nicht genannt.

Das Gutachten des Sachverständigen Diplom-Psychologen Konrad Falkensteiner ergab volle Schuldfähigkeit. Eine krankhafte Persönlichkeitsstörung konnte nicht nachgewiesen werden. Bemerkenswert ist jedoch, dass der Angeklagte dem Gutachten zufolge nahezu unfähig zu empathischen Regungen ist. Eine Persönlichkeitserscheinung, die sich sicherlich nicht erst durch seinen Söldnereinsatz entwickelt hat, aber für die Tötung der Nadja Popescu eine entscheidende Rolle gespielt haben mag. Bemerkenswert auch die Abscheu gegenüber allem Weiblichen, das der Angeklagte durch sein Verhalten tagtäglich zum Ausdruck bringt. Davon berichtet nicht nur das Falkensteiner-Gutachten.

Auch in den Gesprächsnotizen mit den Zeugen und Mithäftlingen kommt dies zum Ausdruck.

Das Mordopfer ist die zum Tatzeitpunkt fünfundzwanzigjährige Rumänin Nadja Popescu. Die am 3. Oktober 1973 in Targu Mures, zu Deutsch Neumarkt, geborene junge Frau wuchs elternlos zunächst in einem Kinderheim auf, bevor sie dort als angeblich hochintelligent von einem Politoffizier herausgeholt wurde und die Chance bekam, eine Gymnasialausbildung in einem staatlichen Internat am Rand von Bucuresti zu absolvieren. Dort lernte sie ihre Freundin kennen. Nach dem Abitur lernten beide den Angaben der Zeugin zufolge in einer Diskothek den Angeklagten kennen und ließen sich von ihm dazu überrreden, nach Deutschland zu kommen. Anstatt der versprochenen lukrativen Jobs als Sekretärinnen wurden sie zur Prostitution gezwungen. Zunächst in Kassel, dann in Bebra, Fulda, Eschwege und zum Schluss in Erfurt. Im Fall der Nötigung und mehrfachen Freiheitsberaubung wird gegen den Angeklagten und seine Komplizen noch ermittelt. Auf der Überbringungsfahrt von Eschwege nach Erfurt schließlich sei es nach Zeugenaussage dann zum Mord an Nadja Popescu gekommen.

Zum Tathergang ist folgendes zu sagen:

Die besagte Überführungsfahrt in einem Fahrzeug der Marke BMW habe am Morgen des 29. November 1998 stattgefunden. Außer dem Angeklagten und dem späteren Mordopfer saßen noch deren Freundin und der Fahrer Vadim Matei in diesem Fahrzeug. Um ihre Notdurft zu verrichten, habe das spätere Mordopfer um eine Pause gebeten. Der sei stattgegeben worden, man habe gehalten, und zwar an einer Forststraßeneinmündung zwischen Eigenrieden und Peterhof. Nadja Popescu und Milan Dimitru seien dann im Wald verschwunden, Milan Dimitru nach etwa einer Viertelstunde hinkend und verdreckt alleine wiedergekommen. Er habe Angaben gemacht, sofort weiter zu fahren in Richtung des angestrebten Zieles in Erfurt. Die Tote, deren Identität zunächst unbekannt blieb, wurde am darauffolgenden Sonntagmorgen von einer Radlergruppe unter einem Haufen Reisig gefunden. Unmittelbar darauf erfolgte die Benachrichtigung der Polizei.

Am Opfer wurde ein Einschussloch in der Stirn vorgefunden, ein verstauchter Knöchel und mehrere Aufschürfungen festgestellt. Es war noch vollständig bekleidet, so dass von einem Sexualstrafdelikt nicht ausgegangen werden kann. In der Stiefelnaht des Opfers wurden Blutspuren gefunden, die später eindeutig dem Angeklagten zugeordnet werden konnten. Desweiteren wurde in einer lehmigen Pfütze der Abdruck eines Herrenlederstiefels Größe 39 sichergestellt. Die seltene kleine Herrengröße ist mit der Schuhgröße des Angeklagten identisch. Einen wichtigen Hinweis gab das Projektil, das im Schädel des Opfers steckte. Es konnte eine Übereinstimmung mit den Projektilen festgestellt werden, die beim Überfall auf die Sparkasse in Küllstedt sichergestellt wurden. Zeugenaussagen zufolge stammt der dazugehörige Revolver aus dem Besitz des Angeklagten.

Die Spurenlage weist eindeutig darauf, dass während besagter Pause eine Verfolgung stattgefunden haben muss, bei der ein Pfennigabsatz des Mordopfers abgebrochen und diese zu Boden gestürzt war. Der Angeklagte, nachdem er einen Tritt ans Schienbein erhalten hatte, muss dann aus einer Entfernung von etwa zwei Metern den tödlichen Schuss auf Nadja Popescu abgegeben haben. Da diese mit dem Kopf auf einem Stein lag, durchdrang das Geschoss den Kopf nicht vollständig, prallte ab und blieb im hinteren Schädelteil stecken. Popescu muss sofort tot gewesen sein. Der Täter hat sie dann vom Tatort zum etwa fünf Meter weit entfernten Fundort geschleppt und dort mit Reisig abgedeckt.

Blutspuren an beiden Stellen und entlang der Schleifspur sichern diese Annahme ab. Die Identifizierung des Mordopfers erfolgte schließlich nach Ausstrahlung einer Fahndungssendung, die den Fall nach dem Waffenfund in Küllstedt aufgegriffen hat, durch die Freundin des Mordopfers.

Soweit so gut.

Nach Lage der Akten ist das Schwurgericht zu der Überzeugung gelangt, dass die Schuld des Angeklagten am gewaltsam herbeigeführten Tod von Nadja Popescu eindeutig erwiesen ist. Die Tötung erfolgte weder in Notwehr, noch im Affekt. Die Schuldfähigkeit des Angeklagten wurde ohne Einschränkungen gutachtlich nachgewiesen. Mildernde Umstände aufgrund einer schweren Kindheit und eines Traumas, das der Angeklagte während seiner Zeit als Kriegssöldner erlitten haben könnte, wurden nicht erkannt.

Auf Grund der Schwere der Tat und der offenbar niederen Beweggründe, über die jedoch nur spekuliert werden kann - ob der Angeklagte aus Ärger tötete oder um eine ihm ohnehin missliebige Person für immer los zu werden, kann er uns nur selbst sagen - folgt das Schwurgericht der Forderung der Staatsanwaltschaft und verurteilt Milan Dimitru zu lebenslänglicher Freiheitsstrafe.

Eine spätere Gefährdung der Öffentlichkeit kann jedoch nicht erkannt werden, so dass von einer Sicherheitsverwahrung nach Verbüßen der Haft abzusehen ist. Da auch die Verteidigung auf schuldig plädierte, ist von einer Berufung ebenfalls abzusehen. Die Kosten des Verfahrens trägt der Angeklagte. Die Verhandlung ist hiermit beendet.«

»Sehen Sie!«, flüsterte Irmgard Müller dem Reporter ins Ohr. »Wie ich gesagt habe!« Mit Zähneknirschen hatte Dimitru das Urteil aufgenommen und wurde von den beiden Vollzugsbeamten unmittelbar danach wieder aus dem Saal hinaus gebracht. »Wissen Sie, Herr Kindervater, beim Anblick solch regungsloser, brutaler Mörder läuft mir immer ein kalter Schauer den Rücken herunter! Schade nur um das arme Ding! Mein Gott, was machen diese groben Zuhälter nur aus der Jugend?!«

»Ja ja, Frau Müller, so schlecht ist die Welt!«, kam Kindervater nur noch über die Lippen. Der steckte in Gedanken schon in seinem Artikel und machte sich daran, seinen Laptop, auf dem er eifrig mitgeschrieben hatte, einzupacken. An diesem Tag konnte er sich endlich einmal mit einem exklusiven Bericht für den Thüringenteil seiner Zeitung einen Namen machen.

16

Carola Henning lehnte sich entspannt in den Beifahrersitz. So klein wie sie ihr Name macht, ist diese Fiat 500-Neukonstruktion gar nicht. Außerdem hatte sich ihre Freundin Britt ein Sondermodell mit rückenschonenden Sitzen anfertigen lassen. Es war Samstagmorgen, die Sonne hatte schon für Wohlfühlwärme gesorgt und beide hatten frei. Britt war der Meinung, sie sollten mal woanders laufen und Carola war überschwänglich darüber, dass ihr allererster eigener Fall nach so langer Zeit nun zu so einem gerechten Ende gefunden hatte. Britt hatte gerade eine CD mit Sommerhits eingelegt und so beschwingt, wie beide Freundinnen eben waren, bogen sie an der Holzecke von der Bundesstraße ab. Carola Henning hatte nämlich die Idee gehabt, genau dort zu laufen, von wo sie im Herbst 1998 der Anruf erreicht hatte, im Mühlhäuser Stadtwald. Über Dimitrus Verurteilung hatte sie noch am selben Nachmittag ihr Chef persönlich informiert. Der hatte sich einen Anruf aus dem Gericht erbeten. Schließlich war es nach seiner Überzeugung den Nordhäuser Ermittlern zu verdanken gewesen und ihrer Zähigkeit, dass dieser Fall schließlich noch gelöst werden konnte.

Das Auto stellten sie auf dem Parkplatz vor dem Waldspielplatz am Weißen Haus ab, zogen sich dann die Laufschuhe an und trabten los.

»Sag mal, Carola, weißt Du eigentlich, wo's langgeht?«, wurde es Britt plötzlich bange.

»Britt, ich hab hier schließlich ermittelt. Und das nicht nur in dem einen Fall. Du weißt doch, dass hier oben in Pfafferode das Ökumenische Hainichklinikum befindet, dieses Fachkrankenhaus für Psychiatrie. Ich hab Dir doch mal erzählt, wie sich einer der Patienten hier verirrt hat und vom SEK nach stundenlanger Suche tot an einem Baum hängend gefunden wurde. Da musste ich doch auch ran! Und so was kommt hier öfter vor.«

Die beiden blieben vor der Wanderkarte des Stadtwalds stehen und Carola Henning zeigte mit dem Finger auf der Karte, wo sie heute langlaufen wollte. »Erst den Promenadenweg und dann die Forststraße hier bis Peterhof. Da können wir dann auch was trinken gehen. Danach geht's in der anderen Richtung zurück. Unterwegs zeig ich Dir auch noch den Tatort von damals.«

Im langsamen Trimmtrab liefen die beiden los. Britt schnupperte, als es durch den zitronig duftenden, dunklen Douglasienforst ging und lächelte zu ihrer Freundin rüber. Etwas später zeigte Carola Henning

133

im Laufen auf einen Baum mit schwarzer Borke: »Hier wächst übrigens die seltene Elsbeere«, erklärte sie. »Die hat mir bei Ermittlungsarbeiten mal ein Forstmann gezeigt. Kennst Du die schon?« Britt schüttelte den Kopf und staunte ganz schön über Carolas Wissen. Dann bogen sie nach links und gleich wieder nach rechts ab, um der schnurgeraden Forststraße gen Norden zu folgen. Carola Henning konnte es nicht lassen und erzählte weiter über den Stadtwald.

»Britt, Du weißt ja, dass ich bei Ermittlungsarbeiten draußen nicht gerne alleine bin. Da hab ich eigentlich immer gerne jemanden dabei! Ich hab Dir ja mal erzählt, wie froh ich war, als ich Jörg Schmiedeknecht ins Team bekam. Hier links ist wieder so ein Ort, an den ich am liebsten nicht alleine gehe. Der Wald ist voller Trümmer und Löcher. Bei der Durchsuchung hatten die Kollegen vom SEK lange Stangen dabei, um nach unterirdischen Hohlräumen zu forschen. Die Arbeitssicherheit geht vor, dazu werden wir immer wieder ermahnt.« »Wieso ist der Wald voller Trümmer, Carola?«

»Dort soll sich im Krieg eine Munitionsfabrik befunden haben, sagte der Förster. Die Russen haben die Gebäude dann gesprengt und später ist Wald darüber gewachsen. Ein unheimlicher Ort, wenn Du mich fragst! Hier die Betonreste…« Carola Henning zeigte auf eine abgebrochene Mauer und Stahlstäbe, die daraus hervor lugten »Das war einmal eine Sichtschutzmauer um das Gelände.«

Auch das Ruinengelände ließen sie im Laufen bald hinter sich und ab dort war nur noch das melodische Gezwitscher der Meisen, Buchfinken und Amseln zu hören.

Plötzlich war jedoch ganz in ihrer Nähe ein Hilferuf zu vernehmen. Sie schauten sich verwundert an. Etwa hundert Meter vor ihnen tauchte dann eine langhaarige Frau auf, die nur einen weißen Slip anhatte und noch einmal laut hilferufend über die Forststraße hinweg in die andere Waldabteilung rannte. Der Verfolger, ein großer, schlanker Mann, nur in dunklem T-Shirt ließ nicht lange auf sich warten. Carola und Britt schauten sich kurz an und eilten dann im Sprinttempo hinterher, um der Frau zu helfen. An der Stelle, wo die Frau und danach der Mann im Wald wieder verschwunden waren, hielten die beiden Freundinnen inne und horchten. Erst war gar nichts Verdächtiges zu hören, dann plötzlich leise Schreie und Blätterrascheln. Carola und Britt bogen in das Walddickicht ein und liefen, soweit das ging, durch das schwer zu durchdringende Grün.

Dann war es wieder still und die beiden begannen, die Äste der jungen Buchen, die dort ganz dicht standen auf ihrer Suche nach der gefährdeten Frau auseinander zu biegen. Erst einmal fanden sie gar nichts. Doch dann flüsterte Britt halblaut: »Da!« Sie hatte den Hinterkopf des Mannes durch das Laub entdeckt, bog noch zwei, drei Bäumchen zur Seite und sah die beiden in eindeutiger Stellung, und dass der Mann der Frau mit der rechten Hand gerade den Mund zuhielt. »Stopp, aufhören!«, schrie sie geistesgegenwärtig. Carola Henning stolperte hinterher, sah den erschrockenen Mann auf der jungen, blonden Frau sitzen, gab ihrem Impuls nach und schubste den erst einmal bei Seite. Da stieß die Frau mit weit aufgerissenen Augen einen gellenden Schrei aus, drehte sich und versteckte sich hinter dem Mann, der immer noch ganz verdutzt war.

»Carola Henning, Kriminalpolizei Nordhausen«, richtete sie sich an die nun ganz nackte Frau. »Haben Sie nicht um Hilfe gerufen?«

Die schien nun ziemlich peinlich berührt.

»Doch!«, brachte sie kleinlaut hervor. »Aber ich wusste doch nicht, dass jemand in der Nähe ist!« Sie zeigte auf den immer noch erschrocken dreinblickenden Mann: »Das ist mein Freund!« Der Mann neben ihr nickte zustimmend.

136

Carola Henning erkannte nun, dass sich die Frau nicht in Gefahr befand und wie man es von ihr kennt, kochte mit einem Mal der Groll in ihr hoch.

»Wollen Sie mich zu Narren halten?«, wurde sie plötzlich laut, um im nächsten Moment wieder ruhiger zu werden, nachdem ihr Britt besänftigend die linke Hand auf die Schulter gelegt hatte.

»Ich bin Hauptkommissarin Carola Henning. Leider momentan nicht im Dienst. Deshalb habe ich auch keine Polizeimarke bei mir! Da können Sie von Glück reden! Ich könnte Sie wegen Erregung öffentlichen Ärgernisses anzeigen. Ich könnte auch die Kollegen von der Wache anrufen.«

Britt musste sich nun ein Lachen verkneifen.

»Aber ich werde es bei einer Verwarnung bewenden lassen!«, fuhr Carola Henning fort.

»Sie sagen mir aber Ihre Namen, damit ich das nachprüfen kann.«

»Anne Muder, Mühlhausen, ich bin 23«, flüsterte die junge Frau eingeschüchtert. »Ronny Krüger, auch Mühlhausen, 34«, krächzte der Braunhaarige.

»Überlegen Sie sich bitte vorher, wenn Sie laut um Hilfe schreien!«, wandte sich Carola Henning noch einmal an die Blonde. »Und suchen Sie sich einen anderen Ort für ihre eigenartigen Sexspielchen! Sie sehen ja, was passieren kann!« Dann verabschiedete sie sich mit einem scharfen »Guten Tag noch!«.

Zurück auf der Forststraße nahmen die beiden Freundinnen ihren Trab wieder auf. Carola Henning hatte sich wieder gefangen und wandte sich Britt zu: »Weißt Du, lieber so ein Fehlalarm, als wenn wirklich wieder eine Gewalttat passiert wäre! Wenn damals, als diese Nadja Popescu hier in Not geriet, einer von uns in der Nähe gewesen wäre, hätten wir uns vielleicht die ganze teure Ermittlungsarbeit sparen können! Aber vermittel das mal dem Steuerzahler!«

»Ja, Carola, da hast Du Recht. Aber was willst Du machen? Komm, lass uns lieber noch diesen sonnigen Tag genießen!«

Britt schaute ihre Freundin an und beide legten zu einem kurzen Zwischensprint los.

Die beiden Freundinnen verschwanden in Richtung Peterhof. Und hinter ihnen schloss sich das leicht im Sommerwind rauschende Kronendach der hoch aufgeschossenen Buchen.

Gefährliche Stille im Hainich

1

Bluut! Überall Bluut!
Marlene musste sich zusammennehmen, schrie in sich hinein. *Wie kann Frank nur so sehr bluten?* dachte sie entsetzt. Schreien konnte sie nicht, auch keinen Notarzt rufen. Sie wollte nicht, dass nun alles aufflog. Das helle Rot schoss geradezu aus Franks Brust. Er sah so überrascht aus. Sie nahm ihn hoch, drückte ihn an sich, wusste, dass sie nichts tun konnte. Die Tränen liefen ihr nur so über die Wangen. Die innerlichen Schreie waren nicht zu ertragen. Er klammerte sich noch in ihre karierte Bluse und schaute ihr in die dunklen und erschrockenen Augen. »Pack Deine Sachen!« stammelte er leise. »Du musst sofort abhauen!« flüsterte er.
Marlene erschrak. *Was redet der denn da für einen Mist?* dachte sie.
Frank wurde nachdrücklicher: »Versprich es mir!! Und nimm das Päckchen mit! Im Flur! Ich habe alles für uns arrangiert! Nun musst Du alleine zurecht kommen! – Marlene, ich habe es ihr gesagt!« –

Seine letzten Worte! dachte Marlene verzweifelt. Tränen liefen ihr über beide Wangen. Frank sackte zusammen. Starr der Blick.

Entsetzt kniete Marlene vor Ihrem Geliebten. Alles war voller Blut, Marlenes Bluse, Franks Hemd, der Boden, ihre Hände und das lange Damastmesser, das sie weggeschmissen hatte. Das hatte er ihr noch zu Weihnachten geschenkt, weil er es liebte, wenn sie für sie beide kochte.

Wie konnte er ihr das antun. *Du verdammter Idiot* schrie sie in sich hinein! *Wie konntest Du mich so erschrecken? Du warst doch weit weg in Stuttgart, plötzlich diese Hände von hinten!*

Sie war gerade beim Fleisch schneiden, drehte sich um und das scharfe Messer in ihrer Hand steckte in seiner Brust. Die Klinge muss mitten ins Herz gegangen sein. Keine Chance mehr! Marlene schlug sich mit der Faust auf den Kopf, um etwas spüren zu können. Sie hatte ihn umgebracht! Es war alles vorbei!

Das japanische Dammastmesser aus dem Messerblock, den ihr Frank geschenkt hatte - Sie hatte ihn damit umgebracht, schoss es ihr noch einmal wie ein erstickender Schrei durch den Kopf. Entsetzt wiederholte sie ihre inneren Schreie. Sie zerbrachen in einzelne Worte: Frank … war …

zurück … aus … Stuttgart! Wie konnte das gehen? Er hatte sie von hinten berührt und vor Schreck hatte sie ihm reflexartig das Messer von unten in den Oberbauch gestoßen! Sie hatte in dem Moment nur eine Männergestalt im Dunkeln erkannt. »Frank konnte doch gar nicht in Mühlhausen sein!« schrie sie verwirrt. Und nun lag er da, tot!?

Marlene war eine Könnerin im Lippenablesen und hatte seine letzten Worte verstanden.

Auf diese Weise hatte er ja auch Zugang zu ihr erlangt, durch seine deutliche Aussprache, die sie immer von den Lippen ablesen konnte, und durch seine ständige Zugewandtheit und Freundlichkeit, die ihr von Anfang an sympathisch war. Als seine Worte in ihr nachklangen, kam sie langsam wieder zu sich:

»Du musst sofort abhauen, sofort abhauen!« echote Frank in ihrem Kopf.

Marlene schoss ein Gedanke in den Sinn: *Die Jagdhütte auf dem Winterstein! Dort werde ich mich verstecken!*

Sie schnappte sich ihren Rucksack vom Schrank. Wäsche, noch ein paar Lebensmittel, ihre persönlichen Dinge, die zweite Taschenlampe, noch etwas mehr Klopapier. Zwei Flaschen Wasser, ein paar Riegel für die Wanderung, die ihr bevorstand. Die blutige Bluse in eine Tüte, Gesicht und Hände mit Feuchttüchern gewaschen. Die dann auch in die Tüte. Dann warme Sachen, die Jeans an, Stiefel, Jacke und Hut. Alles musste nun schnell gehen! Karte nicht vergessen. Schließlich musste sie noch nie zu Fuß in den Hainich. Immer ging es im Mercedes auf Jagd. G-Klasse, obsidianschwarz. Total der Luxus. *Frank hatte eben Stil*, dachte sie.

Mehr brauchte sie nicht einzupacken. Den Rest hatte sie ja oben in der Hütte.

Frank hatte an alles gedacht. Geschirr, Dosenvorräte, Stromversorgung, Wasseraufbereitung, Trenntoilette. Sogar die Gitarre war dort. Sie sah ihn gerne darauf spielen. Und spürte den Klang, wenn er ihre Hand auf den Gitarrenkörper legte. Sie hätte dort oben mehrere Wochen auskommen können. Ein letzter Blick auf Franks blutleeres Gesicht.

Vor der Zeit mit Frank war sie nie so glücklich gewesen. Immer diese Grobheiten. Leute, die sie ausnutzten, glaubten, sie bekäme es nicht mit, nur weil sie taub war. Frank war der siebte Himmel gewesen. Sie verstanden sich blind und er tat alles für sie. Zum Schluss die Trennung von seiner Frau. Er hatte es Jutta also gesagt und war postwendend aus Stuttgart zu ihr zurückgekehrt, schoss es ihr

142

durch den Kopf! Es sollte eine Überraschung sein. Und die war ihm gelungen! Nicht weiter drüber nachgedacht! Bloß nicht! Sie hätte auf dumme Gedanken kommen können. *»Nur schnell weg hier*!« In der Hütte sollte sie noch genug Zeit zum nachdenken haben, um sich selbst zu zerfleischen! Im Flur sah sie noch das Päckchen liegen. Das hatte gerade noch Platz im Rucksack. Marlene presste alles zusammen und verschloss die Deckelkappe. Den Wohnungsschlüssel ließ sie am Brett hängen. Sie brauchte ja nur die Tür hinter sich zuzuziehen.

Es grenzte an ein Wunder. Kein Mensch war auf der Straße, der sie hätte sehen können. Mühlhausen war wie ausgestorben an jenem Samstagabend. Kein Mensch in der Wahlstraße, ein Pärchen auf dem Hohen Graben, mit sich beschäftigt. Spielbergstraße, Kettengasse: leer. Sie ging absichtlich kleine Straßen. Mühlhausens Innenstadt hatte sie bald hinter sich gelassen. Danach war um diese Uhrzeit sowieso niemand unterwegs. Böhntalsweg, Weiße Haus Allee und am Weißen Haus in den Wald hinein, quer durch, Diedorfer Stieg, an der Roten Haus Hütte links ab, Sellmannhütte. Dort rastete sie erst einmal und stärkte sich mit Riegelchen. Sie atmete schwer, die Wipfel schwankten im Wind. Sie war schon lange nicht mehr so einsam gewesen, dachte sie. Ihr Gesicht war wieder voller Tränen.

Weiter! Am Grenzhaus über die Straße, kein Auto! Durchs Niederdorlaer Holz, dann nur noch den Rennstieg entlang, der sich dort wie eine lange Gerade hinzog. Mist! Scheinwerfer! Schnell von der Forststraße in den Wald verdrücken. Gott sei Dank, er fährt vorbei! Hat mich nicht gesehen! Da, endlich, die Hütte. Den Schlüssel raus, zweimal rumgedreht. Wieder zugeschlossen und erst einmal rauf aufs Bett, geschafft, todmüde.

Sie schaute auf die Uhr: *Dreieinhalb Stunden für die Strecke. Das ist rekordverdächtig. Toll! Aber was soll das Ganze! Ohne Frank ist doch alles nur noch Scheiße!*

Das Bett, unser Bett, der heimelige Geruch nach Spaß und Liebe und Geborgenheit! Wenigstens etwas von Frank war geblieben. Er hatte es liebevoll aus alten Eichenbalken selbst gebaut, ein keltisches Muster hinein geschnitzt. *Auch das hat er gekonnt*, dachte Marlene. Das Ausziehen klappte gerade noch. Dann kroch sie erschöpft unter die Kuscheldecke. *Wenn doch alles nicht wahr wäre! Schlafen, nur schlafen!*

2

Glü glu tiri! Glü glu tiri tiri! Die Amsel muss direkt auf dem Dachfirst sitzen, dachte sich Marlene. Der Gesang war so laut, dass die Balken leicht vibrierten. Frank hatte einmal ihre Hand an den Balken geführt. Bei einer ähnlichen Gelegenheit. Marlene konnte nicht mehr schlafen. Ein Alptraum hatte sie gequält. Sie sah einen Geist über sich, der ihr die Luft abdrückte. Schweißgebadet fuhr sie hoch. Furcht kam auf. *Ich habe mich noch nie so allein gefühlt!* dachte sie. *Normalerweise würde ich mich jetzt noch einmal an Frank kuscheln.* Die Amsel trällerte weiter ihr Lied in den dämmernden Morgen im Wald. Für Marlene unhörbar. Dann plötzlich Flügelschlagen und ihr Gesang in moderater Lautstärke. Aus der Ferne der schrille Schrei eines Schwarzspechts. Marlene krümmte sich zusammen, umklammerte Franks Wuscheldecke, döste noch etwas in ihrer Beklommenheit, dachte an früher. Wie er sie auf die Pirsch mitgenommen hatte. Er wartete gerne im Dickicht an irgendeinem Wechsel, wo ihn die Tiere gar nicht erwarteten. Jetzt wäre es bald wieder so weit gewesen. Jagd auf die Maischweine. Da käme eines angerannt, erschrickt, verharrt kurz, dann der Schuss. Sie war neben ihm gesessen, mucksmäuschenstill zu sein war für sie kein Act.

Das meiste Fleisch verkaufte er an das »Mühlhäuser Haus«, einziges Vier-Sterne-Hotel am Platze. Dort hatte sie ihn das erste Mal gesehen, war gerade dabei, Gemüse zu schnippeln für das Abendbüfett. Weiter als bis zur Küchenhilfe hatte sie es nicht gebracht. Wenigstens konnte die Köchin etwas mit ›der Taubstummen‹ anfangen. Und sie stellte keine Fragen. Frank verhandelte gerade über die zwei Rehe, die er ihr angeschleppt hatte. Ohne Decke und Gekröse natürlich. Die Keulen und den Rücken. Darauf war Marika immer besonders scharf. Marlene hatte sich sofort in ihn verliebt. Er hatte etwas so unglaublich Zärtliches in seiner Art und dabei etwas so Gönnerhaftes. Er war auch nicht zugeknöpft, wie manch anderer, aber auch nicht vernachlässigt. Eben einfach zum Quietschen und sich selbst Verlieren in seiner Nähe. Sie hatte sich nicht getraut aufzuschauen und dachte, wenn ihr Blick ihn träfe, würde er sofort merken, wie feucht sie gerade war.

Diese halbstarken Mai-Schweinchen jedenfalls waren die Feinsten. Die besten Stücke frisch gebraten. Dazu Frühkartoffeln. Frank wusste noch ein leckeres Sößchen dazu zu machen. Und natürlich

Rosenkohl! Sie beide liebten den süßlich-herben Geschmack der grünen Knospen. Dazu ein Dornfelder trocken aus dem Saaletal. Oder ein Trollinger, den Frank aus Stuttgart mitgebracht hatte. Ein Karton davon stand noch da.

Sex konnte sie eigentlich fast immer haben. Weil sie mit Frank so abgrundtief glücklich war. Vor allem nachdem er sie aus der Hotelküche geholt hatte und sie nicht mehr arbeiten musste. Sie fühlte sich mit einem mal so wertvoll und konnte nicht anders, als ab sofort nur Wertvolles mit ihrem Leben anzufangen. Mit Frank stimmte einfach alles! Und es knisterte bei ihr vor Spannung, wenn sie wieder etwas mit ihm zusammen unternehmen konnte.

Und alles hatte sie dem Zufall zu verdanken.

3

Mit lautem Krach hatte Frank den Schlüssel umgedreht. Die bunten Klinker des Hauses in der Wanfrieder Straße hatten es ihm schon lange angetan. Diese Fassade müsse unbedingt erhalten bleiben, da war er sich sicher. Ebenso die bunten Glasscheiben im Treppenhaus, die Originaltüren, die Messinggriffe, das Fachwerkobergeschoss. Dämmen konnte man auch von innen. Nur die zwei Mauerrisse mussten verpresst werden, das Dach neu gedeckt. Er war schon gespannt, von welcher Ziegelei die alten Dachpfannen kamen, welche aufregende Geschichte sie zu erzählen hatten. Ein paar Stufen knarrten. Erstes Obergeschoss. Die Wohnungstür war nicht abgeschlossen. Innen alles leer, die geblümten Tapeten noch aus DDR-Zeiten, Stromleitungen über Putz und alle diese alten Schalter. In der Stube aber ein Kronleuchter. Blick zum Erker hinaus. Starker Verkehr auf der Bundesstraße. Lasterbrummen drang bis hinein. Frank musste unbedingt neue Fenster einbauen lassen. *Dieses Haus ist gekauft*, dachte er bei sich. *Da werden die ›Tifosi‹ Augen machen!* Frank musste über seine Wortwahl lachen.

Das hier war wohl die Küche. *Da steht ja noch alles drin! Der alte Küchenschrank!*

Aber das hier ist ein Gaskocher!

Töpfe,

Nudeln,

Tassen,

Kaffeepulver.

Zwei Augenpaare guckten sich plötzlich an. Marlene kauerte in ihrem Schlafsack am Boden. War gerade aufgewacht, hatte so tief geschlafen und nicht

148

bemerkt, dass jemand ins Haus gekommen war. Es war eben wieder spät geworden, bis die Küche am Abend zuvor geschlossen hatte. Und sie konnte wieder nicht einschlafen in der Nacht. Und auf einmal stand Frank vor ihr! Wie um alles in der Welt…?

»Oh, das tut mir jetzt aber leid!« sagte Frank. Der schien unglaublich verlegen zu sein. »Ich wusste nicht, dass jemand in der Wohnung ist! Ich schaue mir dieses wunderschöne Haus an, wissen Sie! Ich habe es schon so gut wie gekauft! Vielleicht möchten Sie es mir zeigen? Ich warte natürlich, bis Sie sich angezogen haben!« Marlene las von seinen Lippen und nickte ihm zu. Sie konnte es einfach nicht glauben, dass Frank einfach so plötzlich vor ihr stand. Sie rieb sich erst einmal die Augen.

Frank ging wieder in den Salon, schaute dem Treiben auf der Straße zu, der Mutter, die ihre beiden Jungs zur Schule begleitete. »*Warum trägt die denen eigentlich die Ranzen?*« fragte er sich.

Marlene schaute ihm dabei zu und spürte eine wohlige Wärme in sich aufkommen. In dem Moment wurde ihr klar, dass sie nicht mehr träumte. Sie pelzte sich aus ihrem Sack, zog sich ihre schwarze Jeans an und den braunen Strickpulli, Socken und ihre bequemen Ballerinas. Dann machte

149

sie Kaffee. Mit zwei braunen Keramikhumpen ging sie schließlich hinaus und reichte ihm mit einem sanften Blick einen davon. Beide standen am Fenster, schlürften das heiße Gebräu. Ihre linke Hand ruhte auf dem breiten Sims. Da nahm er sie und machte genau das, was ihm sofort in den Sinn kam, als Marlenes Blick ihn das erste Mal traf, damals in der Hotelküche vom ›Mühlhäuser Hof‹. Er küsste die zarten Knöchel ihrer langen braunen Finger. Sie schaute ihm gebannt zu dabei, legte ihre rechte Hand auf seine Schulter und näherte sich langsam seinen Lippen. Sie trafen sich zum Kuss. Und sie machte genau das, was sie schon gerne getan hätte, als sie ihn zum ersten Mal in Marikas Küche gesehen hatte. Sie führte ihn zurück zur Matratze, zog sich wieder aus, zog ihn aus. Sie liebten sich dreimal, viermal, lagen dann lange noch zusammen.

4

Das Tollste war, dass sie kein Wort zu sagen brauchte. Sie verstanden sich auch so, und das von Anfang an. Vor ihm brauchte sie sich nicht zu verstellen. Das kannte sie nicht, dass da jemand war, der sie nicht ausnutzte und mit dem sie mit jeder Faser so übereinstimmte. Sie war einfach überflutet von ihren wohligen Gefühlen und konnte sich vollkommen darauf einlassen. Und nicht genug. Es stellte sich heraus, dass er in der Lage war, alles für sie zu tun. Und das tat er von diesem Augenblick an. Die Wohnung im Klinkerbau wurde ihr Liebesnest. Er kaufte lauter schöne Dinge, richtete ihr die Wohnung nach ihren Wünschen mit ein paar Kleinigkeiten ein. Wasser und Strom waren bald eingeschaltet, nachdem er den Kaufvertrag unterschrieben hatte. »Wer will denn bei 80 000 Euro für einen so heruntergekommenen Kasten schon nein sagen?«, fragte er Marlene, als der Kauf gerade perfekt war.

Aber dann konnte sie ja nach einem halben Jahr schon umziehen in dieses schnuckelige Fachwerkhäuschen in der Spiegelsgasse. In diesem Haus stimmte einfach alles. Und es passte viel besser zu ihr. Er hatte es kurz zuvor von einem alten Ehepaar gekauft. Die alten Leute hatten es restauriert. So brauchte er an dem Häuschen gar nichts zu machen. Wieso hatte er das eigentlich getan, wo er doch sonst immer diese maroden Häuser kaufte, an denen sich dann so viele Handwerker dicke Geldbeutel verdienten? Wie ging es an, dass sich diese alten Kaufleute in ein betreutes Wohnen verabschiedeten? Ja, die Frau konnte nicht mehr Treppensteigen und er hatte es mit dem Herzen. Das sollen die Gründe gewesen sein. Nur ein paar Möbel nahmen sie mit in ihre neue Zweizimmer-Parterrewohnung. Alles andere stand noch da, als Frank seine Marlene das erste Mal dorthin führte. Danach war es ihr Reich. Unglaublich, wie sehr die alten Leute ihren Geschmack getroffen hatten. Alles in warmen Farben gehalten, viel Holz, die Balken in den Wohnraum integriert, manche zu Regalen umgebaut, manche mit Fensterscheiben versehen. Der Innenraum wirkte viel größer, als das Häuschen von außen erkennen ließ. Vollholzmöbel überall. Auch was Frank und Marlene sich nachgekauft hatten, war aus Vollholz. Das Schlafzimmer hatten sie sich im Dachgeschoß eingerichtet, mit Fensterchen zu den Sternen. Auch diesmal hatte Frank das Bett selbst gebaut, wieder aus Balken, die er von einem der Häuser mitgenommen hatte, die nicht mehr zu retten waren. Und unglaublich, wie sehr sich wieder alles gefügt hatte. Dass Frank in Mühlhausen genau so ein Häuschen gefunden hatte. Er kam eben durch seine Arbeit viel rum, lernte viele Leute kennen. Und so auch das Ehepaar, das schnell aus seinem Haus raus musste, keinen Käufer fand. Kinder hatten die alten Leute keine. Die hätten sich sonst kümmern können.

5

Langsam durchflutete weißes Licht den Wald. Das fahle Blau wandelte sich in helles Grün. Die Knospen der Buchen waren gerade am Aufbrechen. Am Boden nahm das Meer aus schneeweißen Blüten der Buschwindröschen Konturen an. So beginnen normalerweise schöne Frühlingstage im Hainichwald. Hätte Marlene hören können, sie hätte sich über das Schmettern der Amsel vom Baum an der Hütte gefreut. Von weiter drüben hätte sie nun eine Singdrossel gehört. Hier und da auch Meisen und Finken. Und immer wieder Pochsalven der Spechte. Die waren dazu übergegangen, ihre Reviere abzustecken. Wenn er da gewesen wäre, hätte Frank ihr all das erzählt.

Marlene hatte sich im Bett aufgesetzt, die Füße in die Filzpuschen gesteckt. Das Gesicht in den Händen vergraben saß sie auf der Bettkante und dachte nach. Wäre alles doch wirklich nur ein Alptraum gewesen, würde Frank neben ihr sitzen. Er wäre schon aufgestanden, hätte im Öfchen ein prasselndes Feuer entfacht, hätte Kaffee gekocht, wäre damit zu ihr ans Bett gekommen.

Frank, dieser Genussmensch! Er hatte eigentlich Forstwissenschaft studiert, wusste Marlene. In Göttingen, Einser-Diplom. War über einen seiner Lehrer ans Bundesforstamt nach Kammerforst gekommen. Mit seinen 24 Jahren damals der jüngste stellvertretende Forstamtsleiter. Dort hatte er auch Jutta kennengelernt und bald geheiratet. Aber glücklich machte sie ihn nicht. Wahrscheinlich war sie schwanger gewesen und ihr despotischer Vater drängte die beiden zur Heirat, mutmaßte Marlene. Als Billy auf die Welt kam, zogen sie in die Souterrainwohnung der Fabrikantenvilla auf dem Stuttgarter Killesberg. *Mein Gott*, dachte Marlene gerade. *Frank liebte mich abgöttisch!* darin war sie sich sicher. *Wie schnell hatte er die Gebärdensprache voll drauf! Über alles konnten wir uns austauschen! Am liebsten über die schönen Dinge des Lebens!*

Mit dem Immobiliengeschäft begann er, als er von einem Italienurlaub zurück kam. Urplötzlich soll er seine Stellung in Kammerforst aufgegeben haben. Der Bürojob soll ihn zum Schluss sowieso ziemlich angeödet haben. Und dann diese Ausbeutung der urigsten Wälder des Hainich. Mitten ins

Weberstedter Holz hatten sie die Schneise für eine Forststraße geschlagen, schon begonnen, die dicksten Buchen herauszuzerren. Das tat Frank weh. Er hatte diese Wälder vom ersten Augenblick an als sein Forschungsobjekt betrachtet. Dort, sagte er, könne man tatsächlich einmal die natürlichen Prozesse in mitteleuropäischen Laubwäldern untersuchen. Er hätte lieber zu dem Team gehört, das damals begann, erste Gedanken für einen Buchenwald-Nationalpark zu spinnen. Er musste sich stattdessen mit der Wertschöpfung aus diesen alten Wäldern beschäftigen und mit dem ökonomischen Einsatz seiner Waldarbeiter und Maschinen. Dafür hatte er nicht Forstwissenschaft studiert. Und das Bundesforstamt stand kurz vor der Auflösung.

Als Immobilienmakler brauche er nicht viel zu arbeiten. Da vermischte sich Arbeit mit Freizeit, denn er konnte sich mit seiner zweiten Leidenschaft beschäftigen, alten Häusern und wie sie zu erhalten sind. Außerdem verdiente er mit einem Mal Unmengen an Geld. Und das, obwohl er sich nur um die alte Bausubstanz in Mühlhausen und Umgebung kümmerte. *Ich habe ihn eigentlich nie gefragt, wie man damit so viel Geld machen kann! Warum auch. Er hatte viel Zeit. Und all seine freie Zeit verbrachten wir zusammen mit lauter schönen Dingen*, dachte Marlene.

Sie stand auf, zog sich die Jeans wieder an, setzte Kaffeewasser auf. Der Kocher wummerte, das Wasser brodelte. Marlene war erst einmal ratlos. *Abwarten und Kaffee trinken*, dachte sie. *Ich werd doch verrückt, wenn ich hier tagelang in der Hütte bleibe! Es darf ja niemand merken, dass sie bewohnt ist! Also Türe zu, Fensterläden zu. Da kann ich schön im Dunkeln hocken!* Und in irgendein Dorf zum Einkaufen konnte sie auch nicht gehen. *Die werden mich suchen, wenn sie Frank gefunden haben!* Marlene stieß einen Stuhl zur Seite vor Wut und Verzweiflung. Sie beschloss, wenigstens nachts rauszugehen, um die Beine zu vertreten und frische Luft zu schnappen. Andererseits sehnte sie sich nach jemandem, um sich mitteilen zu können. Am meisten natürlich nach Frank. Mit niemand sonst hatte sie schließlich in letzter Zeit engen Kontakt gehabt. Sie hatte ihre Zeit allein immer im Häuschen verbracht, hatte gelesen, fern gesehen, gestrickt. Und dann war ja Frank oft da und hatte ihr die nötige Abwechslung ins Leben gebracht. *Schon komisch, dass ich damit so glücklich war*, dachte sie plötzlich. Pulver in die Kanne, Wasser drauf. Sie trank ihn gerne türkisch.

Wie schön waren die Abende in ihrem großen Bett unterm Dach. Frank las ihr Märchen vor. Was sie nicht verstand verdeutlichte er in Gebärdensprache. ›Tausend und eine Nacht‹, Andersens Märchen, Geschichten von Rafik Schami. Als er die einzelnen Gebärden noch nicht richtig beherrschte, konnten sie oft nicht aufhören vor Lachen. Und sie lasen Bücher von Astrid Lindgren und Otfried Preußler. Die liebte sie fast am meisten! Sie sog diese zauberhaften Geschichten direkt in sich auf. Holte damit ihre ganze verkorkste Kindheit nach. Doch nun hatte sie es mit Frank ja glücklich getroffen. Da war ihr eher danach, sich mit Positivem zu beschäftigen, als den ganzen Mist von früher wiederzukäuen.

Beim Blick durch das Dachfenster erklärte ihr Frank manchmal die Sterne, die in klaren Nächten häufig zu sehen waren. Zu allen Sternbildern wusste er Geschichten. Die hatte ihm schon sein Vater erzählt, als er noch Kind war. Wenn sie gemeinsam auf Pirsch waren. Oder wenn er mal nicht einschlafen konnte. Marlene erinnerte sich gerne an diese Stories aus der griechischen Mythologie. Zum Beispiel an jene von Orion, ihrem Lieblingssternbild, das am Winterhimmel prangt. Orion kämpfte hundert Tage gegen einen Riesen, der die einzige Quelle des Landes durch seinen eisigen Hauch zum Versiegen gebracht hatte. Orion siegte zum Schluss und erhielt zum Dank drei große Edelsteine. Wer zum Himmel schaut, kann sie als die Sterne Mintaka, Alnilam und Alnitak an Orions Gürtel glitzern sehen, hatte ihr Frank erzählt. Sie hatten beide so oft zum Sternbild des Orion geschaut. Einer der Sterne hieß Beteigeuze. Dieser rote Riesenstern ist die rechte Schulter des Orion. Marlene konnte es sich nicht vorstellen: Beteigeuze soll dreihundert Mal größer als unsere Sonne sein. Marlene gefiel vor allem ihr rotes Glitzern. Und das Dreieck am Himmel, das sie mit dem silbern funkelnden Sirius und dem Prokyon bildet. Marlene geriet ins Schwelgen. Ihr neuestes Spiel war damals aber, sich die alten Schnitte in einem Kamasutra-Buch anzuschauen und die Stellungen nachzubilden. Meistens mussten sie dabei wie die Kinder lachen, wenn sie die Verrenkungen nicht hinbekamen. Oft endete es dann in ihren zärtlichen Lieblingsstellungen. Seit an Seit und Blick zum Himmel waren sie dann meist eingeschlafen. Den Blick zum Himmel hatte sie in der Hütte nicht. Aber es war darin alles heimelig. Marlene fühlte sich geschützt wie das werdende Kind im Mutterbauch. Und das war ja schon einmal eine gute Ausgangsbasis, um für die Zukunft Pläne zu schmieden. Denn endlos konnte sie nicht bleiben in der Hütte auf dem Winterstein.

6

»Wie sieht das denn hier aus? Die haben ja sogar die Tapete runter gerissen. Hat denn niemand den Lärm gehört? Und der Tote?« Kriminalhauptkommissarin Carola Henning hatte sich die Plast-Überschuhe angezogen und den Tatort betreten, wo ihr Team bei der Spurensicherung schon ganze Arbeit geleistet hatte. Henning war um die Fünfzig, kurzhaarig, mittelblond, war mit weißer Bluse, bequemem Hosenrock, dunkler Kostümjacke und nicht zu hochhackigen Stiefeln sportlich und korrekt gekleidet. Ihren abgeklärten Blick ließ sie wie ein Radar über das Chaos in der Spiegelsgasse 37 kreisen. Mit ihren Fragen richtete sie sich natürlich zuerst an ihren Assistenten Hans-Jörg Schmiedeknecht, der die Arbeiten vor Ort bisher geleitet hatte.

»Der wurde von vorne erstochen! Der Stich wurde von unten geführt. Wahrscheinlich ein Kleiner, Kräftiger, unser Täter. Die Tatwaffe haben wir bisher nicht gefunden! Das Opfer ein gewisser Frank

Wolter, Immobilienmakler, wohnhaft in Stuttgart. Wir haben die Kollegen dort schon informiert. Hatte noch alles in seiner Brieftasche. Perso, 150 Euro in bar, Kreditkarten, Führerschein, Fahrzeugpapiere usw.! Pendler! Lebte in Stuttgart, war hier in der Pension Vogler gemeldet. Hatte seinen Audi in der Wahlstraße abgestellt. Hatte Anwohnerparkschein. Deshalb fiel es nicht auf. Todeszeitpunkt vor etwa 2 Tagen. Genaueres können wir erst nach der Obduktion sagen. Was aber viel wichtiger ist: Hier im Haus wohnte eine Frau. Überall Frauensachen. Wir haben dunkle, lange Haare gefunden. Fingerabdrücke von ihm und wahrscheinlich von ihr. Nach weiteren müssen wir noch suchen. Bloß, wo ist die Frau abgeblieben, Carola? Wir wissen noch nicht einmal ihren Namen!« Hans-Jörg Schmiedeknecht, der lässige Mittdreißiger in Denim-Jeans, kariertem Hemd und knapper Lederjacke, die schon viel mitgemacht zu haben schien, war für seine schnelle Auffassungsgabe bekannt. Seinen Sinn für Gerechtigkeit hatte er im Blut. Schließlich war sein Vater Polizist gewesen. Und die Spürnase hatte er auch vom Vater geerbt. Zu seinem Vater hatte er immer stolz aufgeschaut. So war er es auch gewohnt, einen Chef über sich zu haben. Darum hatte ihn sich Carola Henning auch ins Team geholt, sobald er mit der Uni fertig gewesen war.

»Wer hat uns alarmiert?«, hakte sie nach.

»Eine Nachbarin, eine Frau Wagner. Die Haustür stand gestern schon einen Spalt offen, sagte sie. Als sie heute Morgen noch offen stand, kam es ihr spanisch vor und sie hat die Wache angerufen. Die Kollegen von der Streife haben dann die Leiche und das ganze Chaos hier gefunden. «

Carola Henning dachte laut nach: «Wolter muss seinen Mörder gekannt haben! Keine Kampfspuren, keine weiteren Verletzungen. Die hier was gesucht haben, mussten es nach dem Mord getan haben. Warum haben die ihn nicht gefoltert? Die müssen die Frau in ihrer Gewalt gehabt haben! Aber dann Wolter gleich erstechen? Dann haben die bestimmt gefunden, wonach sie suchten!«

»Schafft die Leiche bald in die Patho, wenn ihr hier fertig seid, wir brauchen die genaue Todesursache! Ich bin auf die Untersuchung der Kleidung gespannt. Vielleicht gibt die ja Hinweise auf den Mörder. Habt ihr Fotos gefunden?«

»Chef, hier ist ein Foto. Lag unterm Bett.«

»Prima, Jörg«, lobte Henning ihren Mitarbeiter.»Das ist Wolter! Für meine Marlene! Marlene also! Aber kein Bild von ihr! Lange dunkle Haare hat sie,

161

sagtest Du? Ein anderes Kennzeichen haben wir nicht? Ein bisschen wenig, um gezielt nach ihr suchen zu können! Wir brauchen mehr Hinweise! Habt ihr die Nachbarn schon befragt?«

»Die Kollegen sind gerade dran, Chef!«

»Es muss doch jemand etwas gesehen haben«, sinnierte Carola Henning. »So ausgestorben sind doch die Gassen hier auch wieder nicht! Und wer das ganze Chaos angerichtet hat, muss doch auch ziemlichen Lärm gemacht haben! Falls die Frau noch am Leben ist, müssen wir sie finden! Ich werde sofort die Fahndung einleiten nach dieser dunkelhaarigen Marlene. Und nach dem kleinen Täter! Und wir brauchen die Presse. Jörg, ruf Du Susi an, damit die gleich eine dementsprechende Pressemitteilung aufsetzt.«

Plötzlich waren Schritte zu hören. Ein Schrank von Mann, kariertes Hemd, Cargohose, Outdoorweste, stapfte die Stiege hoch, Blitzlichter erhellten die halbdunklen Räume. Carola Henning schaltete unmittelbar auf Ärger um und herrschte den Kerl, den sie offenbar schon zu kennen schien, barsch an.

»Wenn man den Esel nennt…! Herr Kindervater, wer hat Sie hier reingelassen? Nein, vom Tatort werden jetzt keine Fotos gemacht! Das wird sofort gelöscht! Ihr wartet, bis die offizielle PM raus ist!«

»Wann wird das sein?«, fragte Volker Kindervater sichtlich eingeschüchtert zurück.

»Die PM ist in Nordhausen schon in der Mache. Die bekommt ihr von Susanne Martin gleich per E-Mail in die Redaktion. Und nun verlassen Sie den Tatort.« Der Reporter war so schnell draußen, wie er gekommen war und wartete in der Gasse einen günstigeren Zeitpunkt ab. Dort hatten sich mittlerweile auch schon einige neugierige Mühlhäuser angesammelt.

Der Ärger war bei Carola Henning jedoch noch nicht verflogen. Nun waren die Kollegen in Uniform an der Reihe, ihren Anschiss abzuholen: »Ich hatte Euch doch gesagt, ihr sollt hier großräumig absperren«, wandte sie sich an einen jungen Polizeiobermeister.

»Jawoll Frau Hauptkommissar, wir waren bloß gerade alle mit den Nachbarn beschäftigt«, entschuldigte sich der Uniformierte.

»Und, schon was Neues?«

»Nein, die Frau scheint hier unbekannt! Aber den Mann kennen viele. Der sei genau der Richtige für das Haus gewesen. Fachwerkfreak! Soll das liebevoll restaurierte Häuschen für einen guten Preis abgekauft haben, heißt es. Außerdem haben wir hier einen Alten, der will in der Wahlstraße am Tattag

163

einen roten Alfa Romeo gesehen haben. Leipziger Kennzeichen. Stand am Sonntagmorgen auf dem Gehweg und hat ihm den Weg versperrt, als er mit dem Hund draußen war. Wollte schon die Streife rufen. Der Bursche kam dann aber bald wieder. Ein Schlanker in dunklem Anzug, mit Sonnenbrille, dunklen Locken. Soll irgendetwas Glänzendes in der Hand gehabt haben. Der Alte will's durchs Küchenfenster beobachtet haben.«

Carola Hennings Blick hellte sich wieder auf. »Okay, das müssen wir sofort in die Fahndung mit aufnehmen. Aber der ist bestimmt schon über alle Berge!« Ein Passant schaute überrascht auf. Carola Henning hatte wohl so laut gesprochen, dass es alle Neugierigen im Umkreis mitbekommen hatten. Das ärgerte sie gewaltig.

»Gehen Sie weiter, hier gibt es nichts zu sehen! Na gehen Sie schon«, herrschte sie den armen Kerl an, der daraufhin erschrocken zur Seite wich.

7

Zurück im Kommissariat. Henning und Schmiedeknecht traten aus dem Fahrstuhl, Kollege Lohmann kam ihnen im cremeweißen Gang schon entgegen mit einer brandheißen Neuigkeit auf den Lippen.

Carola Henning überschlug sich fast vor Freude über die Meldung: »Lucio Fabiano, sagst Du? Roter 156er Alfa Romeo mit Leipziger Kennzeichen? Ganz schön auf Draht die Mühlhäuser Kollegen. Machen am Wochenende Geschwindigkeitskontrollen. Und ausgerechnet unser Verdächtiger gerät in die Falle. Was sagst Du, Uwe, mit 110 Sachen stadtauswärts? Die Ammersche Landstraße lädt ja auch geradezu zum Rasen ein! Und beschert uns den Verdächtigen!«

Ein Anflug von Jubel nahm in Carola Hennings Gesicht Konturen an. »Hat er gestanden? Nein?«

Mittlerweile hatten sie das Gemeinschaftsbüro der Mordkommission erreicht. Zwei Kollegen saßen mit Ermittlungsarbeiten beschäftigt vor ihren Flachbildschirmen, einer telefonierte gerade schnurlos.

Henning wandte sich an das Team: »Ich will den sofort im Verhör! Ach, der sitzt schon? Na dann keine Zeit verlieren. Ich will wissen, wo diese Marlene steckt!« Halb zu sich selbst sprach sie: »Verdammt noch mal, hoffentlich lebt die noch!«

»Und bittet den alten Mann, der Fabiano gesehen haben will, zur Gegenüberstellung ins Präsidium! So schnell es geht!«

Zu ihrem jungen Adlatus, der ihr die ganze Zeit nicht von der Seite gewichen war: »So, Jörg, dann wollen wir mal!«

Beide betraten den schmucklosen, abgedunkelten Verhörraum mit dem Halbspiegel auf der Stirnseite. Fabiano wartete bereits auf dem Stuhl, ganz in Schwarz gekleidet, Arme verschränkt, die Beine ausgestreckt unterm Tisch, mit gelangweiltem Gesichtsausdruck. Hans-Jörg Schmiedeknecht gab dem Kollegen nebenan ein Zeichen, damit er die Videokamera, die im Eck installiert war, einschaltete.

Kaum hatte Carola Henning sich auf ihren anthrazitfarbenen Polsterstuhl gesetzt, richtete sie schon ein freundliches, aber bestimmtes Wort an den jungen Verdächtigen: »Guten Tag, Sie sind Lucio Fabiano?«

Keine Antwort.

»Gut!« Carola Henning blickte vielsagend zu Hans-Jörg Schmiedeknecht, wandte sich dann wieder dem Italiener zu und schnappte sich die Akte, die sie vom Büro mitgebracht hatte. Nach einem Blick über die Kladde fuhr sie mit der Befragung fort.

»Lucio Fabiano, ausgewiesen durch italienischen Personalausweis, 29 Jahre alt, wohnhaft in Bari, Strada San Bartolomeo, nicht vorbestraft, Zweitwohnsitz in Leipzig-Gohlis, Eisenacher Straße, ermittelt durch Einwohnermeldeamt, Halter eines roten Alfa Romeo 156, amtliches Kennzeichen L – LF 2581.« Carola Henning musste leise schmunzeln, blickte kurz zu Hans-Jörg Schmiedeknecht: »Namenskürzel und Geburtsdatum im Autokennzeichen! Was sagt man dazu?«

»Herr Fabiano, Sie werden beschuldigt, am Sonntag 11. April dieses Jahres in das Haus Mühlhausen, Spiegelsgasse 37 eingebrochen zu sein. Außerdem wegen Sachbeschädigung, möglicherweise auch Diebstahl, das wird sich herausstellen. Aber was viel schwerer wiegt und deswegen sitzen sie bei uns oben: Wir ermitteln wegen Mord an Frank Wolter, 41, wohnhaft in Stuttgart, Eduard-Pfeiffer-Straße, sowie wegen Entführung einer noch unbekannten Frau, die sich in seiner Begleitung befand und seither nicht mehr gesehen wurde.« Carola Henning legte eine kurze Pause ein, in der sie einen bohrenden Blick auf Fabiano richtete. Als sie dann wieder keine Antwort bekam, fuhr sie fort: »Herr Fabiano, wo ist Marlene?«

Schweigen. Carola Henning bohrte weiter mit ihren Blicken. Zwischen jedem der folgenden Sätze legte sie eine kurze Pause ein, um Fabiano eine Antwort zu ermöglichen. Doch der rührte sich überhaupt nicht.

»Herr Fabiano, ich lege Ihnen nahe, ein Geständnis abzulegen! Wir haben Zeugen, die Sie zur fraglichen Zeit am Tatort gesehen haben! Außerdem, wenn Sie sich nicht zum Verschwinden von Marlene äußern und sie durch ihr Schweigen ums Leben kommen sollte, dann geht vielleicht noch ein weiteres Tötungsdelikt auf ihr Konto! Wollen Sie das? Herr Fabiano, verstehen Sie nicht, was ich sage? Es geht um ein Menschenleben! Sagen Sie uns, wohin Sie sie verschleppt haben!«

Fabiano schien gelangweilt zu sein, schaute zur Seite und schwieg weiter.

Carola Henning drehte ihren Kopf zu Hans-Jörg Schmiedeknecht: »Der Kerl sitzt wohl auf den Ohren. Der merkt gar nicht, dass er sich durch sein Schweigen nur noch mehr reinreitet. Verschleppung einer Straftat!« Henning ließ einen abwertenden Blick zu Fabiano herüber streifen. Schmiedeknecht wusste, dass er an der Reihe war. Der versuchte es nun auf die unwirsche Art und mit leicht gereiztem Blick:

»Fabiano, Sie setzen sich jetzt erst einmal aufrecht hin, wenn ich mit Ihnen rede!«

»So!« Schmiedeknecht sah es mit Wohlwollen, als sich der Italiener nun etwas streckte und eine respektvollere Haltung einnahm. Dann begann er mit leisem Ton und langsam, zum Mitschreiben:

»Wir haben genug Beweismaterial, um Sie eine ganze Zeitlang festzuhalten! Sie sollten jetzt auspacken, bevor es zu spät ist! Sie können natürlich auch erst einmal Ihren Anwalt zu Rate ziehen. Der wird Ihnen aber auch nichts anderes sagen und es wird nur kostbare Zeit verrinnen! Kostbar auch für Sie Herr Fabiano, was das spätere Strafmaß anbetrifft.« Mit scharfem Ton fuhr er fort: »Dass Sie in keinster Weise mit uns kooperieren, wird dem Richter später nicht gerade gefallen, wenn er sein Strafmaß treffen muss!«

Fabiano blieb bei seinem Schweigen. Carola Henning hatte erst einmal genug.

»Kaffee, Jörg? Machen wir erst einmal Pause!«

Und etwas spitz und lauter zum Italiener: »Da kann sich Herr Fabiano erst einmal in Ruhe Gedanken machen!«

Beide verließen den düsteren Raum wieder und ließen Fabiano allein.

Henning zu einer anderen Assistentin: »Kathrin, hast Du schon den Alten in Mühlhausen erreicht?«

»Chef, der Alte heißt Ernst Montag und möchte gleich vorbeikommen zur Gegenüberstellung. Die Mühlhäuser Kollegen bringen ihn!«

»Na, so lange kann unser Lucio noch schmoren! Wir brauchen seine Aussage! Liegen schon Berichte von der KTU und aus der Patho vor?«

»Fingerabdrücke von Fabiano haben wir in der Wohnung keine gefunden. Die Möbel und Tapeten wurden mit einem der Küchenmesser aufgeschlitzt. Am roten Alfa sind die Kollegen noch dran. Die Patho braucht auch noch etwas Zeit«, stellte Kathrin Bauer fest.

Carola Henning hatte sich ans Telefon gehängt und Kontakt mit der Pressesprecherin aufgenommen: »Susi, schick doch bitte an den Thüringer Generalanzeiger und ans Mitteldeutsche Fernsehen ein Fahndungsfoto von Lucio Fabiano! Ob den jemand in der Vergangenheit in Mühlhausen gesehen hat. Oder in Leipzig! Der muss doch jemandem aufgefallen sein. Die Leute sollen auch melden, wenn Ihnen irgendetwas Eigenartiges im Zusammenhang mit unserem Fall aufgefallen ist, oder eine Frau mit langen dunklen Haaren. Die muss doch zu ermitteln sein!«

Hans-Jörg Schmiedeknecht unterbrach seine Chefin und flüsterte ihr zu: »Chef, Wolters Frau wartet bei Dir im Büro!«

»Ah ja, danke Jörg! Kommst Du mit, wenn sie Ihren Mann identifizieren muss?« –

»Chef, frag doch erst einmal, ob die Patho schon fertig ist! Am besten wir reden erst einmal mit seiner Frau!«

»Hast ja Recht, Jörg!«

Beide gingen in Carola Hennings Büro. Auf dem unbequem aussehenden Stuhl saß Jutta Wolter, deren dunkles, schulterlanges Haar strähnig herunterhing. Ihr bleiches Gesicht verriet Anspannung und Angst. Sie wirkte wie kurz vor einer mündlichen Abiturprüfung.

Carola Henning wurde plötzlich ganz sanft, legte ihre Hand tröstend auf Jutta Wolters rechte Schulter.

»Frau Wolter? Mein herzliches Beileid! Gut, dass Sie gleich vorbeikommen konnten!«

»Wo ist mein Mann«, kam es schluchzend aus der zusammengekrümmten Frau heraus.

»Die Kollegen untersuchen ihn noch. Wir werden dann gemeinsam hinuntergehen. Darf ich Ihnen Kaffee anbieten, oder Tee?« -

»Vielen Dank!«

»Ihr Mann war am Wochenende nicht bei Ihnen?« -

»Doch, er kam am Samstag! Wir haben uns gestritten!«, flüsterte Jutta Wolter mit trauriger Stimme.

»Worum ging es bei dem Streit?«

»Er hat sich von mir getrennt!« Jutta schluchzte wieder. »Er kam nur, um mir das zu sagen! Er ist dann wieder gefahren! Wenn ich gewusst hätte, in welcher Gefahr er schwebt, hätte ich ihn nicht fort gelassen!«

»Warum wollte er sich trennen von Ihnen? Sie haben zwei kleine Kinder, wie ich gehört habe?«

»Ich weiß es nicht. Ich war so schockiert. Und er war so kalt und abweisend. Ich habe mich nicht getraut, ihm näher zu kommen!«

Kathrin Bauer schaute kurz herein und flüsterte etwas Unhörbares zu Carola Henning.

»Ah«, sprach Henning in den Raum hinein, »ich höre, sie sind gerade fertig! Gehen wir!«

Sie gingen durch den langen Gang zum Fahrstuhl. Jutta Wolter zitterte vor Bangen am ganzen Körper. Mit dem Aufzug fuhren sie schweigend endlose Augenblicke in den Keller. Zwei Schwingtüren klappten auf, Männer in Pastellgrün standen vor einem Tisch aus Nirosta-Stahl. »Dr. Zellweger, guten Tag!«, wandte sich Carola Henning an den größeren der beiden. Ein Toter war unter grünem

172

Tuch auf dem sauberen Seziertisch abgelegt. Das Tuch wurde hoch gefaltet. »Frank«, schrie Jutta Wolter erschüttert. Erschrocken strich sie ihm übers Haar. »Was haben sie Dir angetan?« Jutta Wolter schluchzte. »Was fange ich jetzt bloß an?« Sie sackte vollkommen zusammen. Carola Henning fing sie mit ihrem linken Arm auf.

»Frau Wolter, können wir uns setzen?«

Sie setzten sich in Dr. Zellwegers Büro.

»Ihr Mann war bei einer Frau zu Besuch, als der Mord geschah.«

Jutta Wolter erstarrte und rief erstaunt: »Bei einer Frau?«

»Hat ihr Mann einen Namen erwähnt? Marlene? Eine Mitarbeiterin, Bekannte? Sie hat langes, dunkles Haar. Sie ist seit dem Mord verschwunden. Wir denken, sie wurde entführt.«

»Wir müssen sie finden, es geht wahrscheinlich um jede Minute, wenn sie noch am Leben ist«, ergänzte Hans-Jörg Schmiedeknecht.

Jutta Wolter überlegte kurz und schien verwirrt zu sein: »Eine Frau, nicht dass ich wüsste!« *Und wenn da eine wäre, Frank hätte sie nie erwähnt*, dachte Jutta.

Was ihr wichtiger war: »Wann kann ich meinen Mann beerdigen? Er soll so bald wie möglich zu mir nach Stuttgart überführt werden, hören Sie? Ich möchte ihn bei mir haben!«

»Wir geben Ihnen Bescheid!«

»Ach, Frau Wolter, wann ist ihr Mann am Samstag wieder von Ihnen weggefahren?«

»Das war kurz nach vier. Wir hatten noch Kaffee getrunken«, sagte Jutta verbittert, drehte sich um und ging.

Der kurzhaarige Mann von eben, der schon vor der Glastür gewartet hatte, glatt rasiert und mit randloser Brille, jetzt mit weißem Kittel über dem blassgrünen OP-Hemd, betrat nun den Raum.

»Dr. Zellweger, der Bericht?« wandte sich Henning an den etwa vierzigjährigen Pathologen.

»Der liegt schon auf ihrem Tisch, Frau Henning! Dafür haben wir doch die Rohrpost!«

»Vorweg, Zellweger, wann ist Wolter nun gestorben?«

»Samstagabend, zwischen 20 und 22 Uhr. Breites, einschneidiges Messer. Ging von unten direkt ins Herz. Wenn der Täter es nicht gleich wieder herausgezogen hätte, hätte es Wolter vielleicht überlebt. Wahrscheinlich eins von diesen neumodischen Küchenmessern. Harte, geschmeidige Klinge, liegt gut in der Hand und superscharf.« Der Pathologe ließ einen gewissen Sarkasmus in seiner

174

Stimme durchblitzen und fuhr fort: »Wussten Sie eigentlich, dass Küchenmesser zu den am häufigsten gewählten Mordinstrumenten überhaupt zählen? Sind immer griffbereit im häuslichen Raum. Und man geht ja häufig damit um. Sie sind vertraut und ganz einfach zugänglich. Ohne Waffenschein! Und nun sind diese schönen japanischen Damastmesser bald in jedem 10. Haushalt zu finden. Da muss doch nun häufiger gemordet werden, allein schon wegen der höheren Wahrscheinlichkeit. Erst die Waffe bringt den Mörder auf dumme Gedanken. Oder es war ein dummer Zufall, oder ein Unfall!«

»Zellweger, das genügt!« Henning und Schmiedeknecht lächelten sich vielsagend an. Nachdem der Pathologe sich schweigend umgedreht und sich seiner Arbeit zugewandt hatte, flüsterte Carola Henning ihrem Assistenten zu: »Das klang ja ganz schön nach Grundkurs in Kriminalistik!« Beide stiegen in den Aufzug und fuhren wieder zum Morddezernat in das 3. Obergeschoss hoch. Carola Henning unterhielt sich mit Hans-Jörg Schmiedeknecht über die jüngsten Ereignisse: »Dass die Wolter alleine den langen Weg von Stuttgart auf sich genommen hat? Die war ganz schön geknickt, nachdem sie ihren Mann so gesehen hat! Am meisten aber, als wir sie nach Marlene gefragt haben! Ich glaube, das hat sie am meisten schockiert. Mehr noch als der Tod ihres Mannes, findest Du auch Jörg?«

»Ja! So aufgewühlt sollten wir die eigentlich nicht fahren lassen! Ob die gleich wieder nach Stuttgart zurück fährt? Wahrscheinlich, allein schon wegen der Kinder!«

Oben angekommen wartete Kathrin Bauer schon an der Aufzugtür auf ihre Kollegen.

»Chef, Ernst Montag ist gerade eingetroffen!«

»Wer?«, fragte Henning. »Ach, der Alte aus der Mühlhäuser Wahlstraße! Haben wir für die Gegenüberstellung schon ähnliche Personen gefunden? Wir wollen es dem Herrn Montag doch nicht zu leicht machen?«

»Chef, Du wirst staunen! Die Bereitschaftspolizei hat sich echt Mühe gegeben! Die haben heute nichts zu tun. Da sind gleich drei Kollegen vorbeigekommen. Und übrigens: Das Haus in der Spiegelsgasse 37 ist im Grundbuch auf Frank Wolter eingetragen. Die Frau, unsere Marlene, ist nicht zu ermitteln. Vielleicht eine Obdachlose?«

»Danke Kathrin, aber kümmern wir uns erst einmal um Herrn Montag!«

Henning und Schmiedeknecht betraten das Gemeinschaftsbüro, wo Montag schon auf einem

Drehstuhl Platz genommen hatte. Die beigefarbene Jacke und die dunkelgraue Kappe hatte er noch nicht ausgezogen.

Carola Henning begrüßte ihn freundlich: »Guten Tag, Sie sind Herr Montag?«

»Jaja, Frau Kommissar!«

»Hauptkommissar, wenn ich bitten darf! Carola Henning ist mein Name! Sie möchten etwas Auffälliges im Mordfall Frank Wolter beobachtet haben?«

»Das habe ich schon Ihrer Kollegin erzählt! Ich war Sonntagmorgen mit dem Hund draußen. Da stand der rote Alfa Romeo in der Wahlstraße auf dem Gehweg. Da kam man fast nicht vorbei! Ich habe mir dann die Autonummer aufgeschrieben, um bei Euch anzurufen! Vom Küchenfenster aus konnte ich den Wagen dann auch sehen. Ich hatte gerade das Telefon in der Hand, da kam dieser gelackte Bursche an. Mit seinen Locken und Sonnenbrille.« Montag schaute leicht angewidert. »Dabei war es doch noch dämmerig! Irgendetwas hatte er in der Hand. Der war sofort weg. Und mit was für einer Geschwindigkeit! Mit quietschenden Reifen ist der ab!«

»Können Sie uns noch sagen, um welche Uhrzeit das war?«

»Ja, Frau Kommissar. Die habe ich mir genau notiert.« Montag holte ein Büchelchen aus seiner Jacke. »8 Uhr 12. Da ist der wie der Blitz davongefahren!«

»Danke Herr Montag! Ich möchte Sie nun bitten, im Nebenraum durch die Scheibe zu schauen. Keine Angst, die Herren, die dort stehen, können Sie nicht sehen! Wenn der Bursche dabei ist, sagen Sie es bitte.«

Montag warf einen Blick durch den Halbspiegel. Fünf große, lockige Männer mit Sonnenbrillen standen im Nebenraum breitbeinig an der Wand und hielten Nummernschilder vor den Bauch.

»Hm, ja! Der Kerl da rechts mit der 2. Der war es! Diese Locken bis fast zur Schulter, eindeutig. Und die große Nase!«

»Vielen Dank, Herr Montag. Sie haben uns sehr geholfen! Kannten Sie eigentlich das Haus in der Spiegelsgasse 37?«

»Ja natürlich! Wissen Sie, ich kannte die Richters noch. Die mussten ja ziemlich schnell aus ihrem Haus raus. Der Mann war ja plötzlich so herzkrank, kam kaum mehr die Treppe hoch. Und sie mit ihren kaputten Knien…! Da entschieden sich die beiden fürs Betreute Wohnen. Beim Alten Friedhof hatten sie eine schöne Zweizimmerwohnung im Parterre gefunden. Und da haben sie ja alles gleich im Haus. Und das war der Frau doch sicherer. Aber das ist ja nun schon eine Weile her. Später habe ich diesen Frank Wolter einmal dort gesehen. Der war ja in Mühlhausen auch hoch gelobt! Ich weiß nicht, wie viele alte Häuser der vor dem Verfall gerettet und wieder auf Vordermann gebracht hat!« -

»Ist Ihnen dort auch eine Frau aufgefallen?« -

»Nein, eine Frau habe ich dort nie gesehen. Aber das habe ich ja auch schon ihrer Kollegin gesagt.«

»Gut, Herr Montag, sollte Ihnen noch etwas einfallen, Sie wissen, wie sie mich erreichen! Die Kollegen bringen Sie gleich wieder nach Mühlhausen zurück. Auf Wiedersehen.«

»Auf Wiedersehen, Frau Kommissar!«

»Hauptkommissar!«, rief ihm Henning noch nach und beriet sich unmittelbar mit ihrem Assistenten.

»Jörg, wir müssen eine Spur von dieser Marlene finden! Ich werde es mit den Suchhunden versuchen und fahre mit Kathrin noch einmal nach Mühlhausen! Halt Du die Stellung hier, setz Fabiano noch einmal unter Druck! Lass ihn ruhig seinen Anwalt anrufen. Der soll vorbeikommen und ihm seine Lage deutlich machen. Vielleicht packt er dann aus. Oder wir bekommen wenigstens ein Teilgeständnis. Ich möchte wetten, der hat was mit der Mafia am Hut, so wie der sich gebärdet. Ich bin gespannt, wohin das führt.«

8

Jutta war indes nicht nach Stuttgart zurück gefahren. In Mühlhausen hielt sie an, fragte am Infotresen eines Supermarktes, wo es Zeitungen zu kaufen gebe.

»Sie können bei uns am Zeitschriftenstand schauen! Ansonsten gibt es hier nebenan einen Kiosk. Auf Wiedersehen!«

Mühlhäuser Generalanzeiger! dachte Jutta. *Ach hier, im Ständer! Na klar. - Gleich auf Seite 1 schreiben sie es! Frau noch vermisst! Und wer denkt an Frank? Ach da steht es: Spiegelsgasse 37. Komisch, wir waren so oft in Mühlhausen gewesen, damals, aber von einer Spiegelsgasse habe ich nichts gehört*!

»Bekomme ich bei Ihnen auch einen Stadtplan von Mühlhausen?« fragte sie den Verkäufer.

»Die Zeitung hier? Und einen Stadtplan? Kostet zusammen 6 Euro. Danke!«

Jutta lief zum Auto zurück, faltete den Plan auf.

Ach dort, beim Frauentor, dachte sie. In fünf Minuten war Jutta auf dem Blobach. Den Rest machte sie zu Fuß, durchs Frauentor, am Fotoladen vorbei. *Ach hier, dieses Gässchen? Schnuckelige Häuser! Hier die 37, Polizeisiegel, die Tür ist offen! Schnell rein, hat ja niemand gesehen!*

»Mein Gott, wie sieht das denn hier aus?«, erschrak sie sich. »Herrjeh, das Blut!« Jutta sank auf die Knie und begann zu weinen. »Mein Liebling! Hier haben sie Dich einfach verbluten lassen! Und ich konnte nichts für Dich tun!«, schluchzte sie.

»Was liegt denn da alles rum? ›Mein hungriges Herz‹, ›Die französische Braut‹, Romane hat sie gelesen!? ›Madita‹ von Astrid Lindgren und ›Krabat‹!« Jutta war so aufgewühlt, dass sie mit sich selbst sprach: »Wie passt denn das zusammen? Und überall DVDs! ›Casablanca‹, ›Cyrano de Bergerac‹, ›Auf Liebe und Tod‹, ›Vogelfrei‹, ›Chocolat‹ , ›Die fabelhafte Welt der Amélie‹! Wow, sie liebte wohl den französischen Film? Und lauter anspruchsvolle Liebesklassiker! ›Das siebente Siegel‹, Bergmanns Meisterwerk! Komisch, keine CDs! Kein Radio! Musik hat die wohl gar nicht gehört! Das Kamasutra!«

Jutta hielt eine liebevoll ausgestattete Großdruckausgabe des Erotikklassikers in der Hand.

Sie zählte plötzlich eins und eins zusammen. »Oh dieses Miststück«, entfuhr es ihr plötzlich. »Wegen ihr hat mich Frank verlassen! Na klar!«

Jutta knarzte wie wild geworden die Holztreppe hoch, das Kamasutra immer noch in der Hand. Sie wollte auch noch den Rest des Häuschens begutachten. Das Schlafzimmer hatte sie ja noch nicht gesehen. Mit der letzten Stufe traf sie fast der Schlag. »Ein Riiiesenbett!!«, schrie sie. »Mit Blick zum Himmel! Ich glaub's nicht! Ich glaub es einfach nicht!! Na warte, Du Dreckstück! Dich hol ich mir! Ich glaube nicht, dass Du entführt worden bist! Du hast Dich doch versteckt irgendwo und bist dann stiften gegangen! Das rieche ich!«

Jutta bekam eine Eingebung, ihr Gesicht hellte sich auf und bekam gleichzeitig einen grausamen Zug, den man bei ihr noch nicht gesehen hatte: »Franks Jagdhütte!!« Ihre Gedanken flogen nun nur so: *Hatte er nicht mal erzählt, dass er jetzt eine Jagdhütte hat? Auf dem Winterstein, glaub ich, war die. Da würde ich jedenfalls unterschlüpfen!* »Dich Flittchen schnapp ich mir!«, rief sie, ratterte im Eiltempo die Stiege hinunter, flitzte entschlossen zur Tür und war schon draußen.

So schnell war Jutta lange nicht mehr gelaufen. *Nur nicht zu schnell*, dachte sie bei sich. *Damit es nicht auffällt.* Denselben Weg, den sie gekommen war, ging sie im Eiltempo durch Mühlhausens Gassen zurück zu ihrem Auto. An der Fußgängerampel auf dem Blobach hielt sie das Warten nicht aus, wäre fast in ein Auto gelaufen, als sie bei Rot zum Parkplatz sprang. »Schnell die Tür auf! Mist, muss jetzt auch noch der Schlüssel runterfallen!«, rief sie zornig. Der Motor sprang gleich an und Jutta brauste den Bastmarkt hinunter. »Jede Wette, die steckt da oben und jammert! Ich krieg Dich und dann verpass ich Dir eine, die sich gewaschen hat«, sprach sie zu sich. Jutta ließ den Motor ihrer A-Klasse aufheulen und dröhnte im 2. Gang am Mehrgenerationenhaus vorbei und dann in Richtung Vogteidörfer.

Wenige Meter weiter nördlich fuhr Carola Henning gerade in ihrem Dienstwagen direkt in die Spiegelsgasse, das Fahrzeug der Hundestaffel im Schlepptau. Das Malheur an der Haustür sah sie schon von weitem. »Kathrin, da hat sich jemand im Haus umgesehen!« Beide stiegen aus, entsicherten ihre Dienstwaffen. »Die Tür ist offen«, flüsterte die Hauptkommissarin. »Vielleicht ist der noch drin! Vorsicht, wenn der von der Mafia ist, kann er schwer bewaffnet sein! Ganz leise!« Bauer sicherte, Carola Henning schlich, die Waffe voran, die Treppe

183

hinauf, sicherte - niemand! Kathrin Bauer war schon im Stockwerk drüber. »Alles leer, Chef! Der ist schon ausgeflogen!« Henning hatte ihr Handy schon am Ohr und verständigte die Kollegen.

»Die Spurensicherung darf also noch mal anrücken, Kathrin!«, wandte sie sich an ihre Assistentin, die gerade die Treppe wieder herunter kam. »Sind die Mühlhäuser Kollegen so wenig auf Zack, dass die nicht einmal anständig den Tatort observieren können?«

»Bei der Personaldichte, Chef?«

»Aber wir hatten doch Rund-um-die-Uhr-Überwachung angeordnet, Kathrin! Sei's drum, wir müssen erst einmal den Fährtenhund beschäftigten!« Henning fand im Wäschekorb im Bad getragene Unterwäsche. »Genau das Richtige für unseren Zweck!« Sie stürzte damit durch die Haustür auf die Gasse, wo der Kollege schon wartete. Sein treuer Gefährte saß erwartungsvoll neben ihm.

»Waffenschmidt, lassen Sie ihren Baldo mal daran schnuppern!« Der Hundeführer hatte seinen Kombi auf einem Abrissgrundstück nebenan abgestellt. Er nahm die getragene Weißwäsche in die Hand und hielt sie seinem Rhodesian Ridgeback unter die Nase. Der auf Fährtensuche trainierte Rüde schnüffelte intensiv und bekam dann den Befehl, auf den er schon sehnsüchtig gewartet hatte: »Such, Baldo!« Und die Jagd begann vor dem Hauseingang. Das Tier schnüffelte dort erst einmal alles ab, ließ dann einen tiefen Kläffer los und setzte der Fährte, die er erspürt hatte, nach. Zielgerichtet trabte er durch die Wahlstraße, dann den Hohen Graben entlang. »Wie ist die denn dorthin gelangt? Das spricht mir nun doch nicht für eine Entführung. Der Entführer hätte sie doch nicht so weit durch die Gassen gezerrt!?« wunderte sich Carola Henning, die mit dem Hund gerade noch Schritt halten konnte. »Das wäre doch aufgefallen, Kathrin! Also keine Verschleppung im Auto?« Der Hund folgte immer noch der Nase nach und lief über den Lentzeplatz. Dort hielt er inne, schien die Fährte verloren zu haben. Hauptwachtmeister Waffenschmidt setzte mit seinem Hund über die Straße. Am Lindenbühl suchte Baldo eine Weile weiter und zog dann mit erneutem Kläffen die Leine wieder straff, bog in die Spielbergstraße, schnüffelte kurz zum Boxclub hinein, ließ sich aber nicht beirren und nahm die Spur wieder auf. An der Brunnenstraße musste er wieder stoppen. Man setzte am Fußgängerüberweg über, wo Baldo überall am Boden schnuppernd seine Kreise lief. Doch dort schien er nicht mehr weiter zu kommen. »Such, Baldo, such«, feuerte ihn

Waffenschmidt an! Doch vergeblich! Der Spürhund nahm keine Witterung mehr auf, blickte hilfesuchend zu Waffenschmidt und machte Sitz. »Mist, der Hund ist eigentlich unfehlbar!«, ärgerte sich Carola Henning und griff zum Handy, um Schmiedeknecht anzurufen. »Jörg, wir hatten hier keinen Erfolg! Dabei hätte ich schwören können, dass der Mörder unsre Marlene als Pfand mitgenommen hat! Bloß, wo steckt die jetzt? Und warum ist die stiften gegangen? Fabiano kann sie jedenfalls nicht verschleppt haben! Ich gehe mal davon aus, dass die Aussage von Zeuge Montag korrekt ist. Wenn Fabiano so rasch hat flüchten müssen, fährt der nicht noch die Runde in die Brunnenstraße, stellt dort im Parkverbot sein Fahrzeug ab und schleift diese Marlene durch die halbe Altstadt! Wir müssen an einer anderen Stelle weitermachen!« „Okay, Chef, alles klar!" drang es aus dem Lautsprecher, „Fabiano hat übrigens seinen Anwalt kontaktiert! Der wollte sofort bei uns vorbeikommen."

„Gut Jörg, wir waren hier sowieso gerade fertig. Bis gleich!" antwortete Henning. Und zum Hauptwachtmeister: »Danke Waffenschmidt, ich denke wir können abbrechen. Sie legen mir dann den Bericht rein!« Waffenschmidt gab Baldo ein

Leckerli. Der Hund kläffte erfreut und die Polizisten machten sich zu den Fahrzeugen auf.

9

Zurück im Präsidium überraschte Luxus-Anwalt Christopher Linke die Kommissare. Der dunkelhaarige Mittfünfziger mit dickrandiger Brille, Halbglatze und immer glatt rasiertem Kinn kam mit geöffneter Jacke und gewinnendem Lächeln auf die Hauptkommissarin und ihre etwas jüngere Mitarbeiterin zu.

»Frau Henning? Guten Tag! Ein langjähriger Freund hat mich gebeten, ob ich Herrn Fabiano nicht ein wenig unter die Arme greifen könnte. Er ist unschuldig, davon bin ich überzeugt. Und er möchte nun seine Aussage machen!«

»Unschuldig, aha!« Carola Henning hatte da so ihre Zweifel. »Dann soll ihr Mandant einmal loslegen, ich bin schon ganz gespannt! Dort rüber, in meinem Büro bitte schön!«

»Griiit, ob Du mal bitte zum Protokollieren rüber kommst?«

Die vier setzten sich, Jörg lehnte am Regal und war ebenso gespannt.

»Frau Kommissare«, begann Fabiano. »Ische binn keine Mörder! Und diese Frau, isch kenne sie niescht! Ische war in Franks Wohnung, dass stiemmt! Die Tür war niescht fermato. Wie sagen? Zue? Er hatte Sache, die gehöre mier! Iesch mach auf, da isse der toot, capische? Isch suchen mein Sache und raus! Isch gefahre wie Henker. Isch wollt niescht mit Mord verbinde, capische? Isch binn keine Mörder!«

»Fabiano, so wie die Wohnung aussah, haben Sie ziemlich intensiv gesucht! Was war's denn, was sie so dringend zurück haben wollten?«

Fabiano schaute zu seinem Anwalt: »Christopher, sie niescht musse wissen!«

»Frau Henning, das tut hier nichts zur Sache!«

»Sei's drum. Herr Linke, wir haben noch andere Indizien für die Version ihres Mandanten ermittelt. Wir glauben ihm. Bleibt der Verdacht auf Einbruch, Sachbeschädigung, eventuell Diebstahl. Darum kümmern sich nun die Kollegen. Es besteht weiterhin Fluchtgefahr, Herr Linke. Fabiano bleibt in U-Haft, das dürfte klar sein.«

Fabiano dürfte das eher Recht sein, dachte Linke. *Ich werde aber sehen, dass er nicht zu lange hinter Gittern ist. Der könnte noch zwitschern wie eine Lerche! Und das sähe Francesco ein wenig eng!*

»Lucio«, flüsterte er zu Fabiano. »Ich krieg Dich da raus! Du wirst sehen! Ich werde eine Kaution aushandeln. Bei meinem Namen! Das Geld dafür habe ich schon!« Fabiano blickte Linke erschrocken mit aufgerissenen Augen an…

10

Die Forstschranke an der Strupp-Eiche war kein Problem gewesen. Einen Dreikantschlüssel hatte Jutta, seit sie im Hainich gearbeitet hatte, immer im Handschuhfach liegen.

Dann fuhr sie noch die paar Meter über den Rennstieg. Die A-Klasse stellte sie vorsichtshalber an der Fritzlar-Eiche ab und ging die letzten Schritte zu Fuß. Die Pistole, die sie sicherheitshalber von zu Hause aus der Schublade ihres Vaters mit genommen hatte, steckte in der Jackentasche. So schlich sie weiter. Schon tauchte zwischen den silbergrauen Buchenstämmen des Langulaer Holzes die Hütte auf. *Das muss sie sein*, dachte Jutta. *Fensterläden geschlossen, komisch!* Jutta lauschte, hörte ein Rumpeln, ein Knistern! *Die ist da drin*, jubelte sie innerlich. *Die hat mich noch nicht bemerkt! Aber die hat die Tür bestimmt von innen abgeschlossen!*

Jutta schlich zum Auto zurück. Wieder an der Hütte angelangt, setzte sie sachte das Montiereisen an, das sie sich geholt hatte, und warf sich mit voller Wucht gegen den Hebel. Mit einem Krachen flog das Schloss aus der Verankerung, Jutta riss die Bohlentür auf und stürzte herein, packte die zu Tode erschrockene Marlene am Kragen und hielt ihr die Pistole an den Bauch. Marlene war wie gelähmt und presste einen gequetschten Schrei heraus. Jutta war vor Wut und vor Freude entbrannt. »Hab ich Dich, Du Stück Scheiße!«, schrie sie Marlene an. »Damit hast Du nicht gerechnet!«

Jutta, die ein ganzes Stück stärker war als Marlene, drehte ihr den Arm auf den Rücken, trat ihr in die Kniekehlen, so dass sie erst einmal auf das Bett sank, fand mit kundigem Blick ein Seil an der Wand und fesselte ihre Beute damit, warf das andere Seilende über den Deckenbalken, zog Marlene damit hoch und band das Seil an der Ofenklappe fest. Marlene baumelte etwas unwillkürlich im Raum, beleuchtet nur vom schwachen Licht einer Tischlampe. Genug Licht für Jutta, um sich das ängstliche Bündel genauer anzusehen. »Darauf fuhr Frank ab!?«, sagte Jutta mehr zu sich selbst. Sie fasste Marlene an die Brust. »Straffe Titten!« Strich ihr übers lange, dunkle Haar und über die Wange und klatschte ihr krachend mit der Rechten ins Gesicht. Marlenes Lippe platzte auf dabei. »Zarte Haut! Damit ist`s jetzt vorbei!« Jutta riss Marlene von hinten an ihrem Pferdeschwanz. Der liefen dabei die Tränen runter.

»Da fällt Dir nichts mehr ein!?« kreischte Jutta. »Weißt Du wie sehr ich Frank geliebt habe? Ich habe ihm blind vertraut. Ich hätte nie im Leben gedacht, dass er in Mühlhausen ein Flittchen aufreißt! So ein Scheißstück wie Dich!!«

Jutta trat Marlene mit dem Fuß in den Bauch. Die sackte nach vorne ein. Dann setzte sich Jutta auf das schönste aller Betten und dachte erst einmal nach. Die garstigste Eiseskälte hatte sich in ihrem Gesicht breit gemacht. So schaute sie Marlene an, die da schmerzverzerrt baumelte und sprach mit sich selbst: »Frank ist tot. Daran kann ich nicht rütteln. Aber was hatten wir für schöne Tage! Die Reise nach Tansania! Giraffen, Zebras, Gnus und Löwengebrüll. Die Wanderung über den Kamm des Rift Valleys, der Flug über den Natronsee und diese heißen Nächte in der Malongo-Lodge! Das kann man nicht vergessen! Oder die Bootsfahrt auf Alexander von Humboldts Spuren durch Venezuelas

Urwälder. Und die Tage, die wir alleine auf diesem Gebirgspfad zwischen Polen und der Ukraine verbracht haben, vorbei an riesigen Buchen und Tannen! Ich wünschte bloß, wir wären nie bei Vater eingezogen. Der hat doch unsere Beziehung vergiftet. Aber für die Kinder war es eben die beste Umgebung. Er ist nun mal mitten im Leben gelegen und trotzdem ruhig genug, dieser Killesberg. Superschule gleich nebenan und der große Garten hinterm Haus, Hallenbad, alles dran und drum. Eigene Terrasse. Wie hatten wir`s gemütlich, wenn Frank am Wochenende da war! Ausschlafen, frühstücken solange wir wollten, Spaziergängle im Park oder auch mal ein Ausflug an den Albtrauf oder in den Schwarzwald. Und die Jungs liebten ihren Vater abgöttisch! Und mir ist ja auch nicht langweilig geworden! Ein paar Minuten zum Einkaufen, zum Kino und ins Theater. Resi und Evi, Tilda und Hanna gleich um die Ecke. Und meine Mutter war ja immer da für ihre Enkele! Da war ich doch gerne Hausfrau! Warum hat sich Frank bloß nichts anmerken lassen? Stattdessen macht der mit der Schlampe da rum!« Jutta stand auf, riss Marlene am Schopf hoch und schrie sie an. »Ja, DU, Du blödes Stück Scheiße!« Jutta legte sich erneut aufs Bett, die Hände hinter dem Kopf verschränkt, und schaute die wie ein leidender Christus hängende Marlene wieder an.

Doch was konnte die schon tun? Immerhin war nun erst einmal Ruhe eingekehrt und Marlene konnte den ersten klaren Gedanken überhaupt fassen, seit diese Furie, *Wer war das überhaupt?*, in ihr Nest eingebrochen war. *Das muss diese Jutta sein!*, schoss es ihr nun in den Kopf. *Frank hat mir ja nie ein Bild von ihr gezeigt. Aber so wie die sich gebärdet!? Einfach widerlich! Und ich kann mich kaum bewegen, so sehr tut mir grad alles weh!* Marlene röchelte leise und spuckte etwas Blut aus.

In dem Moment kam ein Blitzen in Juttas Blick. Sie stand auf, löste den Knoten an der Ofentür und ließ Marlene auf den Holzboden purzeln. Mit einem scharfen Messer aus der Schublade trennte sie den Strick kurz vor Marlenes Handfessel durch. Mit einem Tritt in den Steiß musste sich Marlene aufrichten. Jutta zerrte sie ans Fenster und band die Hände an den Griff. Dann begann sie, aus dem Seil einen Galgenstrick zu drehen. Ganz langsam und genüsslich, immer den gierigen Blick auf Marlene gerichtet, der der Schrecken in alle Glieder zurückfuhr. Jutta schnappte noch einen Hammer und einen Holzpflock, steckte alles in eine Jagdtasche, eine Flasche Wasser für sich noch dazu und schnappte sich Marlene. Die Frau straff an den Fesseln gehalten, die Pistole in der rechten Jackentasche umklammert und auf Marlene gerichtet, durchschritt Jutta die Hüttenpforte und trabte zu ihrem Mercedes. Die blaue Abendstunde hatte bereits begonnen. Die Vögel trällerten noch ein wenig. *Umso besser*, dachte Jutta. Sie schubste Marlene auf den Fahrersitz, stieg selbst auf den Sitz daneben und steckte den Schlüssel ins Zündschloss. »Du fährst«, herrschte sie Marlene an. Marlene schaute Jutta trotzig an und startete den Motor. Einen Augenblick verharrten beide stumm. Da blickte Jutta Marlene ungeduldig an und raunzte weiter: »Na los, umdrehen und aus dem Wald raus!« Hinter der Schranke sollte es nach links weitergehen. Marlene verstand nicht. »Bist Du taub?«, schrie Jutta. Marlene nickte ihr stumm zu. Jutta schaute sie an, als hätte Marlene ihr mit der Faust vor die Stirn gehauen. »Die ist ja taubstumm, ich glaub ich werd nicht mehr!«, sprach sie zu sich selbst, so baff war sie. Also schaltete sie das Navi an und gab als Ziel den Parkplatz Fuchsfarm ein. »Da schaust Du drauf und fährst immer lang, wo das Navi hinzeigt!« Marlene verstand das Geschrei und fuhr los. Etwas ruckelig zunächst, dann immer besser. Marlene war richtig stolz, hatte Frank sie doch bisher nur ein wenig auf den Forststraßen fahren lassen. Aber der Daimler schnurrte wie ein Kätzchen und kuppelte ganz einfach ein. Das ungleiche Pärchen zischte schweigend den Hainich bergab, kurvte durch Langula, erwischte gerade noch das Ampelgrün an der Engstelle im Dorf und durchquerte schließlich Oppershausen. Am Stausee steuerte Marlene geradeaus auf einen Baum zu. Jutta schaltete sofort und griff ins Steuerrad. Der Wagen schleuderte nach rechts und kam zum Stehen. Jutta setzte die Pistole an Marlenes Hals. »Mach das nicht noch einmal!«, schrie sie, den Blick auf Marlene gerichtet, wieder los. »Ich kann Dir auch gleich die Birne wegpusten«, kreischte sie und wischte sich den Schweiß von der Stirn. Danach traute sich Marlene nicht mehr aufzumucken, fuhr den Weinberg hoch und die junge Eichenallee entlang nach Flarchheim hinein. In Juttas Gesicht steigerte sich schon ihre Erwartungsfreude. Sie genoss in dem kleinen Ort jede Biegung der zu dieser vorgerückten Stunde menschenleeren Hauptstraße. Dann ging es noch den Roten Berg hinauf und die nächste Abzweigung schon rechts ab, immer dem roten Pfeil im Navi hinterher und auf frisch geteertem Nebenweg die letzten Meter bis zum Parkplatz am Nationalparkrand. *Mist!* dachte Marlene als sie dort ankamen, *kein Mensch weit und breit*. Sie stellten den Mercedes ganz hinten an der Infotafel ab, Jutta stieg flott aus und zerrte Marlene vom Fahrersitz. Dann band sie deren Hände wieder zusammen und schubste sie vor sich her, die Leine immer straff geführt und die Pistole schön auf ihren Rücken gerichtet. So ging es in den wilden Wald hinein. Jutta fühlte sich pudelwohl, da sie wieder einmal seit langem durch ihren heiß geliebten Hainichwald stromern dürfte. Und wie gut sie sich noch auskannte! Zum Forsthaus Schönstedt nahm sie die Abkürzung an der Fuchsfarm vorbei. Dort lag alles verlassen, verschlossen und friedlich. Ein Käuzchen war aus der Ferne zu hören. Sonst war nun alles still und dunkel. Am Forsthaus bog sie mit ihrer Geisel dann in den Baumgartengrund ab. Nun kam die Stirnlampe zum Einsatz, die Jutta mit eingepackt hatte. Es kribbelte sie richtig, als sie nach so vielen Jahren wieder einmal diesen urigen Wald betrat.

Marlene hatte Angst. Aber der Wald war besser als alles, was ihr Frank bisher gezeigt hatte. Alte, modrige Stämme. Mächtige Buchen mit Spechtlöchern und mit Schwammpilzen übersät, flackerten im Lampenlicht auf. Bärlauchspitzen lugten zwischen dem Grün der verblühten Märzenbecher aus dem Boden. Es duftete nach feuchtem Humus vermischt mit frischem Lauch. Bei all den wohligen Sinneseindrücken kam ihr Frank wieder in den Sinn und sie fühlte sich auf einmal wieder ganz stark.

Dann ging es auch schon ein kleines Tälchen links den Hang hinauf und vor ihnen tauchte im Schein der Lampe das Ufer eines Teiches auf. Und in der Nähe die alte Silberweide mit den weit ausladenden Ästen, die nun schemenhaft im schummrigen Licht Konturen annahm. *Schaurig-schön das alles*, dachte Marlene. *Aber wo führt das alles hin?* In Juttas Gesicht sah sie nun große Freude aufleuchten. Jutta band Marlene an ein Bäumchen und warf den Strick über einen der überhängenden Weidenäste. Das Seilende knotete sie an den Pflock, den sie mit drei harten Schlägen in den weichen Boden gehauen hatte. Dann verschwand sie im Dunkel des Waldes, raschelte und knackte, ächzte und stöhnte. Marlene sah nur den blassen Schein der Stirnlampe verschwinden und Jutta mit einem Mal mit einem großen Holzblock wieder auftauchen. Den ließ sie an der Weide fallen und setzte sich darauf.

„Puh, erst einmal verschnaufen!" schnaufte sie erschöpft und blickte in das ängstliche Gesicht von Marlene. Die ahnte, was kommen würde und begann zu weinen. Das schien Jutta zu gefallen. Ein böses

Grinsen machte sich in ihrem Gesicht breit. Sie band Marlene los und zerrte sie an der Fessel hinter sich her, stellte sie auf das Holz, die Pistole in Marlenes Rücken gepiekt, legte die Schlinge um Marlenes Hals, schob den Knoten herunter und gab dem Holz einen Stoß. Marlene flog wie an einer Liane nach vorne, würgte mit aufgerissenen Augen, wurde ohnmächtig und baumelte dann leblos vor der wie Rumpelstilzchen freudig tanzenden Jutta. »Hier findet Dich niemand«, sprach Jutta halblaut zu Marlene. »Oder die Wildschweine sind schneller, haha!« Jutta warf noch einen Blick auf das Bündel am Ast, das nun zur Ruhe gekommen war, Klatschte in die Hände, drehte sich um und lief den Weg zurück. Wie vergnügt sie dabei war. Sie kam sich vor wie ein Räuber, der gerade dicke Beute gemacht hatte, schlug sich mit der Faust noch einmal in die Hand und trat vor Übermut einige Bäumchen platt. Am Auto angekommen kramte sie in der Jackentasche nach dem Schlüssel. Plötzlich überkam diesmal sie der Schrecken. »Der Schlüssel!«, schrie sie über den menschenleeren Wanderparkplatz. »Verdammt, der Zündschlüssel ist nicht in der Jacke! Und stecken tut er auch nicht! Den hat diese Marlene abgezogen, dieses Frettchen, und bei sich eingesteckt!« Jutta hastete wie eine Verrückte und

198

ohne Rücksicht auf Verluste zurück. Äste schlugen ihr ins Gesicht, mehrmals rutschte sie auf dem lehmigen Boden aus, der Rückweg durch das Gewirr von Stämmen und Ästen schien ihr ewig vorzukommen, endlich kam sie zu der Weide zurück und…

Die Schlinge war leer, Marlene weg. Jutta stieß einen gellenden Schrei aus.

Das war zu viel für ihre Nerven. In einem Akt purer Verzweiflung stellte sie den Holzblock wieder hin, stellte sich darauf, Tränen liefen über ihr Gesicht. Sie legte die Schlinge um ihren Hals und sprang. Diesmal zog sich der Knoten enger zu als bei Marlene und wurde nicht von langem Haar gestoppt.

11

Monate später, frühmorgens im 3. Obergeschoss der Nordhäuser Polizeidirektion. Kommissar Hans-Jörg Schmiedeknecht stapfte die Treppe hoch, pfiff ›Honky Tonk Women‹ von den Rolling Stones, kam durch die Glastür, ging den Gang entlang. Als er ins Büro kam, sah er erstaunt seine Chefin auf seinem Stuhl sitzen: »Chef, Du schon hier, um acht Uhr?«

Carola Henning hielt eine dicke Akte in der Hand und schaute ihren Assistenten ernst an.

»Jörg, Du kennst mich jetzt so gut, dass Du weißt, wie es mich wurmt, wenn ich einen ungeklärten Fall zu den Akten legen soll. Aber das ist wieder einmal so eine Weisung von oben! Es ärgert mich auch, dass die Stuttgarter Kollegen mir die Sache quasi aus der Hand genommen haben! Verschwindet die Wolter auf Nimmer Wiedersehen!«

Schmiedeknecht hatte unterdessen die drei Schritte zur kleinen Kaffeeküche gemacht und die Dose mit dem dampfgerösteten Tansania-Kaffee vom Bord genommen.

Carola Henning fuhr fort: »Das Auto findet sich in einem Wohngebiet in Bad Soden!! Was um Himmels Willen wollte die Wolter in Bad Soden? Und wann bekommen wir die Fundmeldung? Dreieinhalb Monate nach dem Verschwinden! Zufällig überprüft eine Streife das Auto. Wegen des Drecks an Scheiben und Karosserie fällt es den Kollegen auf! Mit der Stuttgarter Nummer ist es dort bei den vielen Kurgästen von außerhalb und den vielen Wochenendheimfahrern bis zu jenem Zeitpunkt niemandem verdächtig vorgekommen! Die arbeiten im Frankfurter Raum und kommen aus der ganzen Bundesrepublik! Und auf die Fahrerin

hat natürlich auch niemand geachtet. Überhaupt haben wir von der Bevölkerung keinen einzigen brauchbaren Hinweis auf Jutta Wolter bekommen, nachdem die von ihrem Vater als vermisst gemeldet wurde. Auch die Pistole, wie vom Erdboden verschluckt! Der Vater hatte sie in einer unverschlossenen Schublade abgelegt. Nur die Bodenspuren aus dem Auto ließen sich auf die Hainichregion um Mühlhausen zurückverfolgen. Mit hoher Wahrscheinlichkeit hat also Jutta Wolter noch einmal einen Stopp in Mühlhausen eingelegt. Darauf passte ja auch der Hinweis der Verkäuferin aus dem Mühlhäuser Allkauf-Supermarkt. Wir können davon ausgehen, dass es die Wolter war, die den Tatort aufgesucht und unser Siegel gebrochen hat. Ansonsten viele Spuren von den Wolter-Söhnen im Auto und dieser berühmte, unnütze Durchschnittsmix von Fasern, nichts Besonderes!
Und dann der »heiße Tipp« aus der Mühlhäuser Jägerschaft? Eine Woche nach dem Mord ruft doch dieser Typ aus Oberdorla an. Ob es wichtig wäre! Der Wolter hätte da eine Hütte im Hainich! Wir nichts wie hin, finden wieder so ein Liebesnest von Wolter! Überall Haare und stellenweise Fingerabdrücke, die wir schon von der Spiegelsgasse kannten und dieser Marlene zugeordnet haben. Aber

sonst alles unberührt und ordentlich, alles schön sauber und aufgeräumt, so wie wir Wolter kennen gelernt haben. Von dieser Marlene keine Spur und auch sonst von niemandem, der uns hätte auf die Spur bringen können. Im Umfeld keine Spuren, nachdem uns dieses unglückliche Frühlingsgewitter alles verwischt hat. Nicht einmal die Tatwaffe haben wir! Die muss der Täter mitgenommen und irgendwohin geworfen haben. Genauso wie seine Kleidung vom Tattag.

Und Fabiano mussten wir ans Einbruchsdezernat abgeben nach seinem Geständnis. Wie froh der war, dass er wegen Fluchtgefahr in U-Haft und nach seiner Verurteilung erst einmal für zweieinhalb Jahre im Bau gelandet ist! Zweieinhalb Jahre! Das war das vom Staatsanwalt geforderte Höchstmaß! Da hat Fabiano doch eindeutig auf Zeit gespielt! Trennt sich von seinem Staranwalt und lässt sich von Pflichtverteidiger Walter König vertreten, der in keinster Weise versucht, ihn da raus zu boxen! Geht auch nicht in Revision! Und wenn Du mich fragst, hat Fabiano die Hosen gestrichen voll! Der wird in den zweieinhalb Jahren im Knast nichts unternehmen, was ihn früher raus bringt! Einzelunterbringung hat er beantragt und bekommen! Vielleicht hofft er, verschont zu bleiben, hofft auf Begnadigung durch seinen Paten, wenn er schön brav ist und nicht singt! Diese Immobiliengeschäfte stinken doch nach den Machenschaften der Mafia. Leider haben die Kollegen vom ›Organisierten Verbrechen‹ dazu noch nichts Greifbares in der Hand. Die Drahtzieher sitzen doch alle in Apulien! Fabiano ist nur ein Ableger für die Geldwäsche in Deutschland! Ich hätte ihm so gern den Mord an Wolter nachgewiesen. Aber es war nicht Fabiano! Keine Spuren an der Kleidung bis auf das bisschen Blut an den Schuhsohlen. So verschmiert, wie das Blut auf der Leiche war, muss es aber Kontakt mit dem Täter gegeben haben! Und diese Marlene? Die könnte zur Aufklärung des Falles sorgen! Da sind wir uns alle sicher.

Wie ich mir das Ganze zusammenreime, weißt Du ja:

Ich denke, diese Marlene hat Wolter auf dem Gewissen. Nach dem Mord hat sie sich abgesetzt. Leider ist ihr Jutta Wolter dazwischen gekommen. Ihr Spürsinn hat sie wohl auf die Spur der Marlene gebracht. Marlene muss Jutta Wolter dann auch noch beseitigt haben. Danach ist sie mit deren Auto bis Bad Soden gefahren, ist dort in die S-Bahn gestiegen und hat sich über den Rhein-Main-

Flughafen nach Irgendwo und Nirgendwo abgesetzt. Die falschen Pässe hatte Wolter bestimmt vorher schon besorgt.« Henning wurde laut: »Und die nötige Kohle hatte er von Fabiano! Das war es bestimmt, wonach der in der Spiegelsgasse so intensiv gesucht hat! Wolter sollte damit sicherlich einen dieser dubiosen Immobilienkäufe abwickeln und hat es dann für sich abgezweigt! Ich wünschte, ich könnte das alles beweisen!«

Carola Henning zerknüllte in diesem Moment einen Notizzettel auf Schmiedeknechts Schreibtisch, wie um ihren Ärger wegzudrücken.

»Aber leider ist diese Marlene wie vom Erdboden verschluckt, genauso wie die Wolter! Und niemand möchte etwas gesehen haben!« fuhr sie in erregtem Ton fort. »Und leider hat in Wolters Hütte an einigen Stellen jemand auffällig fleißig geputzt! Es müsste schon ein Wunder geschehen, wenn es in dem Fall noch eine Wende geben sollte!«

Hans-Jörg Schmiedeknecht hatte mittlerweile zwei große Tassen mit dem duftenden Luxuskaffee gefüllt und reichte eine seiner Chefin. Deren Augen erhellten sich. Sie stellte die Akte zur Abholung ins Archiv bereit und trank erst einmal einen Schluck des heißen Gaumenschmeichlers, den sich das Team eigentlich zum Feiern der gelösten Fälle besorgt hatte. Schwarz und ohne alles, wie sie ihn gern hatte. »Hast ja Recht, Jörg!« Carola Henning ging es nun schon sichtlich besser, nachdem sie sich noch einmal hatte aussprechen können. Mit versöhnlichem Blick schaute sie zu Schmiedeknecht: »Wir haben auch noch anderes zu tun!« Sie stand auf und ging mit ihrer Kaffeetasse langsam in ihr Büro. Hans-Jörg Schmiedeknecht schaute ihr noch kurz nach, hing seine Jacke über den nun frei gewordenen Drehstuhl und machte sich dann an die Vorbereitung der morgendlichen Dienstbesprechung.

12

Jahre später:

«Gnrrrrz!» Langsam senkte sich die Klinke der Wohnzimmertür. Genauso langsam, aber ohne ein Knarren öffnete sie sich nach innen und Billy kam hereingeschlichen. Auf dem flachen Marmortisch vor der Sofa-Landschaft lagen schon seine Geburtstagsgeschenke. Billys Blick strich über den Tisch: »Blumenstrauß, zwei Päckchen, ein großer Briefumschlag, ah ja, da ist ja der Schlüssel!«, murmelte er und nahm die Magnetkarte an sich. Da hatte seine Großmutter also Wort gehalten und ihm zum 18. Geburtstag das kleine Hybridfahrzeug gekauft, das er sich so sehnlich gewünscht hatte. «S – BW 1!«, las er laut von der Karte ab. «Ach Oma, das hätte aber nicht auch noch sein müssen!» Dann nahm er den Briefumschlag vom Tisch, auf dem »Für Billy« vermerkt war, setzte sich ans Fenster und riss ihn mit dem Zeigefinger auf. Zum Vorschein kamen eine handgeschriebene Karte und ein Hefter. Die Karte hatte seine Oma geschrieben, das erkannte er an der Schrift: «Lieber Billy, an Deinem 18. Geburtstag sollst Du es erfahren. Um Dich zu schonen, haben Opa und ich es Dir bisher verschwiegen: Aber Deine Eltern sind vor zehn Jahren nicht bei einem Auto-Unfall ums Leben gekommen. Frank wurde in Mühlhausen erstochen. Du weißt ja, dass er dort damals in der Woche auf Arbeit war. Und Mutti ist dann nach Nordhausen gefahren und hat ihn dort bei der Polizei identifiziert. Sie ist von dort aber nicht mehr nach Hause zurück gekommen. Wir haben nie erfahren, wo sie hin ist…». Weiter kam Billy nicht. Er begann zu weinen, beugte sich nach vorne und verbarg sein Gesicht vor seinen Händen. So saß er eine Weile da. Dann löste er sich aus seiner Verkrampfung und nahm den Hefter zur Hand, der Kopien aus einer Polizeiakte enthielt. Billy überflog ein Datenblatt mit der Aufschrift »Jutta Wolter«.

«Nach Aussage eines Mühlhäuser Kiosk-Verkäufers hat sie sich am selben Tag einen Stadtplan von Mühlhausen gekauft. Danach wurde sie nicht mehr gesehen. Ihr Fahrzeug wurde dreieinhalb Monate später von der Hessischen Landespolizeiinspektion in Bad Soden sichergestellt. Jutta Wolter könnte selbst damit noch gefahren sein. Möglicherweise steht der Fall in Verbindung mit der ebenfalls gesuchten Marlene. Nach intensivem Abgleich der Passagierlisten des Rhein-Main-Flughafens Frankfurt wurden keine Auffälligkeiten beobachtet. Befragungen der Bevölkerung im Umfeld des Auffindeortes des Fahrzeuges, als auch bundesweite Fahndung in den Medien führten zu keinen weiteren Ergebnissen. Der Fall wurde im Juni 2014 schließlich eingestellt.»

Billy klappte den Hefter zu und blickte durch das große Wohnzimmerfenster in den Garten hinaus. Da kam ihm eine Idee: er nahm sein neues I-Phone aus der Hosentasche und ging auf »Google-Suche«. In großen Buchstaben erschien dann unter anderem: «PersonaData – Du weißt in der Vermisstensuche nicht weiter? Bei uns findest Du, garantiert!»

13

»Potong!« Mit lautem, blechernem Geräusch überquerte der gelbe *Toyota Prius* die Fährrampe. Santa Cruz de La Palma war erreicht. Billy stellte sein Auto auf der Mole ab und gab »Villa Rosa de la Caldera» in sein Navigationsgerät ein. In endlosen Kehren, dann durch den Tunnel und wieder über eine kurvenreiche Strecke näherte er sich seinem Ziel auf der Westseite der Kanareninsel. Schließlich zeigte ein Wegweiser links in eine Einfahrt. Billy bog ab, lenkte sein Fahrzeug durch eine kurze Dattelpalmenallee und stellte es dann auf einem Platz vor einem großen, eingeschossigen, gelb gestrichenen Haus ab. Er stieg aus und stapfte eine kurze Treppe hinauf. Am Portal angekommen zitterte seine Hand vor Aufregung. Er klingelte. Etwa eine halbe Minute später öffnete eine kleine, dunkelhaarige Frau: »Senor Wolter?« Billy nickte. «Guten Tag, Senora Rodriguez erwartet Sie schon!» Billy setzte seinen Fuß hinter das Portal und blickte von dort nun durch einen weiträumigen, verglasten Säulengang auf einen mit Palmen bestandenen Innenhof. Die Innenwände waren terracotta-farben, der Boden aus edlen beigen Steinplatten, die mit dunkelroten Teppichen belegt waren. An den

Wänden hingen große Wandgemälde mit kanarischen Landschafts-Motiven.

»Kommen Sie, hier entlang«

Die Zofe ging Billy voran, öffnete eine naturbelassene Pinienholztür und ließ den Jungen vorbei.

»Billy, schön, dass ich Dich kennenlerne!«, raunte eine künstliche Frauenstimme durch den Raum. Billy riss die Augen auf, blickte nach links und entdeckte rechts hinten in einer Sitzecke aus braunem Leder eine dunkelhaarige Frau, die einen Tablet-Computer auf dem Schoß hatte. Mit einem Stift schrieb sie darauf und zeitgleich drang die Frauenstimme aus einem unsichtbaren Lautsprecher: »Komm ruhig ran und setz Dich. Ich glaube, wir haben viel zu bereden.«

Billy war empört, fühlte sich durch diese Situation jedoch etwas entwaffnet: »Ich stehe lieber, schließlich haben Sie meine Eltern auf dem Gewissen!«

Die Frau blickte zu Billy auf, der immer noch vor dem Sofa stand und schrieb in ihr Tablet: »Billy, ich habe Deinen Vater geliebt! Es war ein Unfall, das musst Du mir glauben!«

Billy knickte im Oberkörper leicht ein: »Und meine Mutter?«

»Ich weiß nicht, was mit ihr ist. Sie hat mich durch den Wald gezerrt und wollte mich an einem Baum aufhängen. Ich bin ihr aber entkommen und hab dann ihren Wagen genommen, um meinen Flieger in Frankfurt noch zu bekommen.«

Stille trat ein. Billy knickte vollends zusammen, fiel in den Sessel, der Marlene gegenüber stand und stützte seinen Kopf auf die Hände.

Dann stand Marlene auf, hockte sich ihm gegenüber und streichelte seine rechte Hand. *»Wie sehr er doch Frank ähnlich sieht«,* dachte sie.

Billy richtete langsam seinen Kopf wieder auf und rote, verweinte Augen kreuzten sich mit Marlenes besorgtem Blick.

Plötzlich waren leise Schritte zu hören, die sich von hinten langsam näherten. Ein Mädchen sprang zum Sofa, legte Marlene den rechten Arm um die Schulter und schaute Billy an. »Hallo, ich bin Jimena, aber alle nennen mich Jimmy«, sagte das Mädchen zaghaft. Billy blickte sie gleichgültig an. Marlene stand auf, nahm das Kind an die Hand, setzte sich auf das Sofa zurück und nahm es auf den Schoß. Dort begann sie auf dem Tablet weiter zu schreiben und aus den versteckten Lautsprechern kam wieder die künstliche Frauenstimme: »Billy, Du musst jetzt ganz stark sein. Jimmy habe ich nach

Franks Tod hier auf der Insel gekriegt. Sie ist Deine Halbschwester!« Jimmy schaute dabei ihre Mutter lächelnd an. »Ich habe sie auf einen spanischen Namen taufen lassen, damit sie hier besser Anschluss findet. Frank hat mir ja für die Flucht auch einen spanischen Namen verpasst: Laura Maria Rodriguez. Frank hatte viele Gesichter. Eines kannte ich, das liebe, gütige, großzügige, lustige. Das liebte ich an ihm. Das andere hat er mir in einem Brief mitgeteilt, den ich erst später öffnete. Da stand alles drin. Dass er mit der Mafia Geschäfte machte, schmutziges Geld in Mühlhausen wusch, indem er als Mittelsmann Immobilien kaufte und sanierte. Für uns beide hatte er diese Villa hier gekauft und Mafia-Millionen für unsere Flucht abgezweigt. Das fanden die ehrenwerten Männer aus Bari aber bestimmt nicht witzig. Bis zu diesem Tag aber sind sie mir nicht auf die Spur gekommen. Ich fürchte nur, das dürfte bald der Fall sein. Die haben Deine Familie und Dich doch im Visier gehabt. Irgendwann musste sich bei euch doch etwas regen. Deshalb denke ich, dass sich die Mafia schon an Deine Fersen geheftet hat und bald hier aufkreuzt.«

14

«Iiiiiiek!» – Die Reifen quietschten, der schwarze Fiat 500 federte ein wenig nach rechts, als er sich in die scharfe Linkskurve legte, Maximiliano drückte es an die Beifahrertür.

»Eh, Luigi bist Du verrückt? Das ist doch keine Ferrari!« Maximiliano hob die linke Hand und formte mit Daumen und Zeigefinger ein kleines „o", um seinen Ärger mit einer Geste zu untermauern.

»Stronzo! Die Zeit drängt! Wir müssen den Tedesco einholen. So heiß war die Spur noch nie!«

Die nächste Spitzkehre den Berg hoch näherte sich und Maximiliano klammerte sich mit der Rechten an seinen Handgriff, um nicht zu Luigi zu rutschen.

Er hatte sein Smartphone in der linken Hand und stierte auf den roten Punkt, der westlich des Berggrates hektisch pulsierte.

Maximiliano schwieg und so schraubte sich der Kleinwagen immer weiter hinauf, bis auch die beiden Italiener den Tunnel erreicht hatten.

»Che rabbia!«, fluchte Luigi. Zwei Schilder am Tunneleingang zwangen ihn langsam zu fahren. Maximiliano trommelte mit der Hand auf das Armaturenbrett, während der Fiat mit 60 Sachen durch die nur schwach beleuchtete Tunnelröhre schlich.

»Bin ich Dir jetzt zu langsam?«, stichelte Luigi.

»Siehst Du nicht die Video-Kameras überall? Wenn wir nun schneller fahren, fallen wir nur unnötig auf.«

»Si, si, ist ja gut.«

Die drei Minuten durch den Tunnel kamen den Beiden wie eine Ewigkeit vor.

Luigi musste blinzeln, als ihn plötzlich das Sonnenlicht wieder mitten in die Augen traf.

»Santa Maria, das Signal ist noch da, wo es vorher auch war!«, rief Maximiliano.

Luigi gab noch einmal richtig Gas, bog dann hinter dem Touristenzentrum wieder mit quietschenden Reifen rechts ab und raste durch Äcker und Felder, bis die kurvige Strecke wieder begann. Maximiliano holte unterdessen seine *Baretta 92* aus dem Halfter und schraubte einen Schalldämpfer auf den Lauf.

Der Kies spritzte auf, als der Fiat durch die kurze Allee auf Marlenes Villa zuraste. Luigi stoppte das Auto vor Billys *Toyota* und die Mafiosi stiegen aus. Die Knarre im Anschlag drückten sie auf die Klingel und warteten. Als die Tür nach innen aufging drückte Maximiliano mit dem Fuß dagegen, beide drängten in den Vorraum und sahen sich zunächst verblüfft an, da sie niemanden sahen. »Merda!«, fluchte Maximiliano, beide näherten sich der Pinienholztür auf der linken Seite und während sie Luigi einen Spalt öffnete, stieß sie Maximiliano auf und stürmte, die *Baretta* voraus in Marlenes Zimmer. Die saß an ihrem Schreibtisch diesmal und blickte die Eindringlinge ausdruckslos an. »Seien Sie willkommen meine Herren!«, dröhnte es aus dem Dolby-Surround-System, bevor die Ganoven etwas sagen konnten. Maximiliano stürzte zum Schreibtisch, hielt Marlene die Pistole vors Gesicht und schrie: »Hände hoch!« Marlene reagierte jedoch nicht darauf und tippte, den Blick unverwandt auf den Angreifer gerichtet, auf ihrem Keyboard weiter. »Meine Herren, bleiben Sie ruhig, ich weiß, was Sie wollen, das Geld, aber das finden Sie nicht hier im Haus. Ich habe es im Wald vergraben. Da müssen Sie schon mit mir nach draußen mitkommen. Sie erlauben?« Marlene hörte auf zu schreiben, drückte mit ihrer linken Hand den Pistolenlauf zur Seite und stand auf. Sie hatte eine weiße Bluse an, trug eine safaribraune Cargo-Hose und leichte Trecking-Stiefel. »Die Herren mögen mir bitte folgen?« Luigi und Maximiliano blickten sich unsicher an und setzten sich in Bewegung, als Marlene die Glastüre bei Seite schob, die nach draußen führte.

Maximiliano machte einen schnellen Schritt nach vorne, hakte sich bei Marlene ein und drückte ihr die Pistole in die Rippen: »Dass Du mir keine Zicken machst!« Marlene drehte sich um und steckte ihm einen giftigen Blick zu. Dann nahm sie einen Spaten, der an der Wand lehnte und gab ihn Luigi. Marlene voran, die Italiener im Schlepptau, setzte sich das Trio in Gang und näherte sich dem Pinienwald, der unmittelbar hinter dem Mauertörchen am Nordende der Finca begann. Ein Fußpfad führte von dort den Berg hinauf. Die Italiener stolperten in ihren schwarzen Modeschuhen mehr über den steinigen Pfad, als dass sie gingen und Maximiliano musste Marlene loslassen, so sehr war er außer Puste. Schweiß rann den Beiden über das Gesicht. Marlene warf ihnen einen verächtlichen Blick zu und schritt weiter den Berg hoch. Die Mafiosi kamen nicht mehr hinter ihr her und der Abstand wurde immer größer. Dann öffnete sich der Wald und Marlene kam eine Lichtung, in deren linker Ecke eine Steinbank stand und dahinter ein Grabstein sichtbar wurde. Sie setzte sich, blickte auf den Stein mit der Aufschrift „Frank – Dir hätte es hier gefallen!", wandte sich wieder um und genoss den Ausblick von dort, der sich auf das Städtchen *La Rosa* eröffnete und das Tal, in dem es sich befand.

Dann kamen die Gauner heran und Marlene deutete auf den Stein. Luigi begriff und gab Maximiliano den Spaten. Jetzt war er es, der ungehalten wurde: »Du sollst graben!« Maximiliano schaute ziemlich dumm aus der Wäsche, fügte sich aber, gab Luigi die Pistole und begann mit dem Spaten an dem Stein in die trockene Erde zu hacken. Marlene saß in der Zeit auf der Bank und verfolgte ausdruckslos, wie sich Maximiliano langsam, aber beständig in dem lockeren Boden in die Tiefe arbeitete. Drei Spatentiefen hatte er auf diese Weise bald erreicht, kam bei der Hitze jedoch gehörig ins Schwitzen. »Maledetta merda!«, fluchte er. »Luigi, mach Du jetzt weiter!« Er reichte seinem Komplizen den Spaten und verschnaufte erst einmal neben Marlene auf der Steinbank. Luigi hatte den Spaten gerade eine Schicht tiefer in den Boden getreten, als er auf etwas Hartes stieß. »Evviva!«, jubelte er mit einem Mal und grub hektisch weiter, bis er den Deckel eines schwarzen Lederkoffers freigegraben hatte. Maximiliano hatte es nicht mehr auf der Bank gehalten. Er war aufgesprungen, als er den Kofferdeckel sah und grub mit den Händen mit. Mit dem Spatenblatt hebelte Luigi den Koffer schließlich heraus und wandte sich schroff an Marlene: »Den Zahlencode, aber dalli!« Marlene zuckte mit den

Schultern. Luigi wurde Ernst und packte sie bei den Armen: »Den Zahlencode!«, schrie er noch lauter, erntete von Marlene aber nur einen bösen Blick. In dem Moment hörte er ein Knistern, blickte auf und sah, wie sich im Wald unterhalb der Steinbank Rauch entwickelte. Luigi und Maximiliano blickten sich mit aufgerissenen Augen schweigend an und wandten sich dann Marlene zu. Luigi zog aus seiner Gesäßtasche Handschellen, beide zerrten Marlene fort. Die versuchte unter verzweifeltem Blöken und Gurgeln sich zu wehren, hatte aber gegen die beiden kräftigen Männer keine Chance. Maximiliano drückte sie an einen Pinienstamm im Wald oberhalb, Luigi riss ihre Arme vom Körper und presste sie um den Baumstamm. Dann ließ er die Handschellen an Marlenes Handgelenken klicken. Luigi stieg noch einmal zur Steinbank hinunter, schnappte sich den Koffer und die beiden Italiener begannen bergauf fort zu rennen. Erste Flammen erreichten schon die Lichtung. Marlene wandte ihren Blick ab und schloss die Augen.

15

Leise drang das Heulen der Sirene von Los Llanos bis zum Hafen hinunter. Billy stand am Ruder der *Franco* und blickte ungeduldig den Berg hinauf, sah den Wald und den halben Berghang in dunklen Qualm gehüllt und hohe Flammen daraus hervor züngeln. Jimmy stand an der Reling und blickte ängstlich in dieselbe Richtung. Mit laufendem Schiffsmotor warteten sie. »Zieh die Gangway ein, wir können nicht mehr warten!«, befahl Billy.

»Nein!« Jimmy begann wütend zu weinen und Billy wurde energisch.

»Du musst auf mich hören jetzt, denk daran, was Deine Mutter gesagt hat!«

Er drängte Jimmy zur Seite, zog den Steg selber an Deck, setzte sich wieder ans Ruder, startete den Motor und setzte das Boot langsam in Bewegung. Jimmy hatte Angst und wagte nicht mehr, sich dem großen Jungen zu wiedersetzen. Sie kniete sich auf die Polsterbank im Heck, schaute unverwandt auf den brennenden Berg, der nun begann langsam kleiner zu werden, je mehr sich das Boot entfernte. Die *Franco* durchfuhr die Hafeneinfahrt von Tazacorte, als sich Polizeiwagen mit Sirene der Kaimauer näherten. Es dauerte nicht lange und das

Schnellboot der Küstenwache setzte sich in Bewegung und folgte dem Fahrwasser der *Franco*. Nach fünf Minuten hatte es den Motorsegler erreicht und ein Polizist mit Megaphon lugte aus dem Seitenfenster der Brücke: »Hier ist die *Guarda costas*. Stoppen Sie sofort ihre Fahrt und heben Sie die Arme über den Kopf!« Billy blickte zu dem Uniformierten, dann zu Jimmy, die ihn mit einem verzweifelten Blick anflehte. Billy drehte den Zündschlüssel um, das Motorengeräusch erstarb und das Boot verlangsamte seine Fahrt. Er rastete das Ruder ein und hob die Arme. Als sich das Küstenwachboot vorsichtig näherte, legte Jimmy zwei marineblaue Fender über Bord, schnappte sich ein Tau und warf es dem Beamten zu, der dann das Boot heranzog und vertäute. Die Boote fuhren verlangsamten ihre Fahrt, der Beamte stieg über eine kurze Leiter rüber, zeigte seine Dienstmarke, während ein zweiter Gardist mit erhobener Maschinenpistole an der Reling stand. »Senor, Sie sind wegen Fluchtverdachts und Vertuschung einer Straftat vorläufig festgenommen.« Es folgte der übliche Sermon, der auch in spanischer Sprache der gleiche ist: Das Recht die Aussage zu verweigern, Widerstand könne das Strafmaß erhöhen und so weiter. Billy war sprachlos, senkte den Kopf. Tränen liefen ihm über die Wangen. Er schien fast erlöst zu sein, als ihm die Hände hinter den Rücken gelegt wurden, um Handschellen anzulegen. Ein Mann in verwawaschenem, blauen Overall stieg an Bord und übernahm das Ruder. Billy wurde nun die Leiter hoch geschubst, Jimmy weinte vor Angst und kam hinterher. »Was ist mit meiner Mama?«, flehte sie. Der Gardist starrte sie mit festem Blick nur an und reichte ihr eine Wolldecke. Der Beamte setzte sich mit den Beiden in einen Raum hinter der Schiffsbrücke, das Boot wurde hinten angehängt und die Fahrt wurde fortgesetzt, zurück zum Hafen. Die Flucht war beendet.

16

»Hm!« Carola Henning blickte von ihrem Bildschirm auf, überkreuzte die Unterarme und lehnte sich in ihren Drehsessel zurück. Einen Moment lang ließ sie ihren Blick aus dem Fenster im dritten Stockwerk der Landespolizeidirektion auf Nordhausen und die dahinter liegenden Harzberge schweifen. Dann griff sie zum Telefon. Dreimal klingelte es bis ihr Gegenüber abnahm.
»Schmiedeknecht«, raunte der hinein.

»Hallo Jörg?«, kam es zurück.

»Carola? Lange nichts gehört!«

»Ja, Jörg. So kann's gehen. Seit Du zum LKA abberufen wurdest, bearbeiten wir eben grundverschiedene Fälle. Aber das war mir schon klar, dass ich Dich nicht ewig halten könnte.«

»Hm, Du hättest mich wohl gern zurück, Chef«, feixte er. „Aber deswegen rufst Du nicht an, oder?«

»Nein. Aber erinnerst Du Dich an den Fall Marlene?«

»Marlene, war das nicht dieses Phantom in Mühlhausen, das dann spurlos verschwunden ist?«

»Das ist die längste Zeit ein Phantom gewesen. Pass auf: Heute erreicht mich eine E-Mail eines Comisario Principal Manuel Delgado von der Policia National in Madrid.«

»Aha!« Schmiedeknechts Stirnrunzeln über diese Mitteilung war fast durch die Telefonleitung zu hören.

»Und jetzt kommt's: Wir hatten von dieser Marlene damals doch nur den Namen und eben Haare, Fingerabdrücke und Hautschuppen aus der Wohnung des getöteten Frank Wolter.«

»Hmm!«

»Die daraus gewonnene DNA-Analyse der Gesuchten hatten wir damals ins Suchsystem von

Interpol einstellen lassen. Leider ohne Erfolg. Dieser Comisario jetzt schreibt uns von einer Toten, deren Gen-Material ganz genau auf das unserer Marlene zutrifft! Dazu schreibt er Folgendes, ich übersetze, das ist ja alles in Englisch abgefasst, Jörg: »Nach Abgleich des genetischen Fingerabdrucks der Toten in der Gen-Datenbank von Interpol lässt sich einwandfrei nachweisen, dass es sich bei dem vorgefundenen Brandopfer um die vom Landeskriminalamt Thüringen gesuchte Marlene handelt.« Carola Henning machte eine Pause und fuhr fort, nachdem sie auf keine Reaktion stieß:

»Gefunden haben sie die als verkohlte Leiche in einem Wald auf der Kanareninsel La Palma. Das zu dem. Wir haben uns doch immer die Frage gestellt, wohin die damals geflüchtet war. Gemeldet war sie seit ihrem Verschwinden auf La Palma unter dem Namen Laura Maria Rodriguez. Unter diesem Falschnamen konnten wir sie ja nicht finden. Der Fundort offenbarte jedoch noch etwas anderes: Unweit der Leiche wurden zwei weitere gefunden. Der Italiener Luigi Lombardi und eine weitere, bisher nicht identifizierte Person. Lombardi soll unter seinem Klarnamen ein Auto gemietet haben, das an der Villa der Rodriguez sichergestellt wurde. Italiener, macht es da bei Dir nicht „Klick“?«

»Hatten wir damals nicht auch einen Italiener mit vermuteten Mafia-Kontakten im Visier?«

»Genau, Jörg! Und was hatten die beiden Italiener auf La Palma bei sich? Neben den Leichen wurde ein versengter Koffer gefunden. Der Inhalt war noch gut erhalten: Fünfhundertausend Euro, und die Zweihunderter-Banknoten aus denen sich diese Summe zusammensetzten waren nur leicht verkohlt. Da sagst Du nichts mehr, was? Aber es kommt noch doller! Weißt Du, wer den Waldbrand gelegt hat?«

»Na, schieß los, Carola!«

»Der spanischen Polizei liegt ein Geständnis von Billy Wolter vor.«

»War das nicht der Sohn von Wolter?«

»Ja, genau! Und die haben den dafür sogar schon verknackt. Unsere Marlene soll ihn jedoch dazu ermuntert haben, das Feuer zu legen. Ganz nebenbei schreiben die in dem Bericht davon, Marlene hätte eine Tochter gehabt, zehn Jahre! Die Kleine sei erst einmal im Heim untergebracht. Die *Policia National* bittet uns nun auf der Suche nach Angehörigen behilflich zu sein, wo die eventuell unterkommen kann. Zehn Jahre! Wenn das nicht Wolters Tochter ist!? Denk mal nach, Jörg, vor zehn Jahren ist doch unsere Marlene verschwunden! Da hatte die das Kind schon im Bauch!«

Beide schwiegen eine Weile, bevor Jörg Schmiedeknecht als erster wieder ins richtige Leben zurück fand:

»Carola, ich hab kürzlich an der Fortbildung *Philosophien der Welt* teilgenommen. Also lass es mich mal frei nach Hegel ausdrücken: Es ist schon manchmal wunderlich, auf welch verschlungenen Pfaden die Vernunft zu ihrem Durchbruch kommt.«

Nun war es Carola Henning, die nach Luft schnappte.

»Carola, ich freu mich über unseren späten Erfolg, lass uns mal ein andermal in aller Ruhe darüber weiter reden.«

»Ja, Jörg, hast ja Recht, also bis später mal.« Carola Henning drückte Schmiedeknecht weg, sinnierte kurz und ging mit dem Telefon in der Hand die paar Schritte ins Nebenzimmer, wo ihre Mitarbeiterin gerade einen Bericht tippte.

»Kathrin, hol doch mal ein' *Rotkäppchen* aus dem Kühlschrank, es gibt was zu feiern!«

Auf Balkone steigt man nicht!
Ein Weihnachtskrimi

»Das habt ihr ja klasse gemacht«, staunte Marita. »Da wird der Nikolaus bestimmt ganz viele feine Sachen reinstecken!« Freudestrahlend und die blitzblank geputzten Lederstiefel nach vorne gestreckt, standen Jannis und Judith vor ihrer Mama. »Und jetzt die Schuhe vor die Tür gestellt, dann ganz schnell Hände gewaschen, Zähne geputzt und ab ins Bett«, ermahnte sie. »Nicht dass der Nikolaus noch am Haus vorbeiläuft, weil ihr noch wach seid!« Beim Zubettgehen gab sie beiden noch einen Kuss.

»Mama, wann kommt denn Papa nach Hause?«, fragte die sechsjährige Judith.

»Aber das weißt du doch, um elf Uhr, wenn die Spätschicht vorbei ist.«, erinnerte Marita.

»Dann soll er bei uns noch einmal reinschauen, versprichst du das?« Judith schaute ihre Mama noch einmal nachdrücklich an.

»Ja, versprochen meine Kleine!«

Marita strich ihr noch einmal sanft über die Wange, löschte das Licht und machte die Kinderzimmertür zu.

So!, dachte sie bei sich, *bis Maik da ist, kann ich mir ja noch meinen Lieblingskrimi reinziehen.* Sie ging durch den Flur ins Wohnzimmer, machte hinter sich die Tür zu, setzte sich in ihren bequemen Sessel und schaltete den Fernseher an.

Pluff, wumpf. Marita schreckte plötzlich auf. *Da bin ich doch glatt eingenickt!*, war ihr erster Gedanke. *Dass die Nachbarn immer so einen Lärm machen müssen!* Marita schaute auf die Wohnzimmeruhr im Regal. *Was, schon elf? Dann müsste Maik ja gleich da sein!*

Da der Krimi vorbei war, schaltete Marita den Fernseher aus, ging ins Bad und machte sich bettfertig. Im Bett schnappte sie sich noch den Prospekt vom Modeversand *Mona Lind*.

Mitten in der Nacht wachte sie auf und schaute auf den Digitalwecker. *Was, schon halb drei?* Sie tastete neben sich. *Wie, Maik ist noch nicht da? Hoffentlich ist da nichts passiert.* Marita stand auf, torkelte schlaftrunken ins Wohnzimmer zum Telefon auf dem Vertiko und suchte aus dem Telefonverzeichnis Maiks Handynummer heraus.
Düdüdidadedüdüdade, hörte sie es wählen und am anderen Ende kurz klingeln bevor eine gelangweilte

Stimme antwortete: »Sie sind mit dem Anschluss von *Maik Meier* verbunden. Leider ist der Telefonteilnehmer nicht zu erreichen. Sie können aber nach dem Piepton eine Nachricht hinterlassen! Piep!«

»Verdammter Mist, hast du schon wieder dein Handy ausgemacht?«, fluchte Marita verzweifelt und drückte auf die Hörertaste. »Wo ist der bloß? Doch nicht schon wieder in der Kneipe versackt?«, sprach sie laut mit sich selbst. Marita schob die Schlafzimmergardine einen Spalt weit zur Seite und schaute raus. »Mensch, das schneit ja draußen!«, rief sie erstaunt. Der Rasen vor dem Haus, die Hecke, selbst die Straßenlaternen hatten dicke Schneehauben auf und große Flocken fielen sacht, aber beständig vom Himmel herab. *Na, hoffentlich ist da nichts passiert!?*, dachte Marita noch einmal und schaute weiter hinaus. Die Straße war ebenfalls weiß und jungfräulich, da um diese Uhrzeit niemand mit dem Auto unterwegs war. Marita wusste nicht, was sie tun sollte. Sie stand eine Weile so da und schaute den Schneehauben zu, wie sie immer höher wurden. Dann fielen ihr die Augen fast zu vor Müdigkeit und sie legte sich wieder auf ihre angestammte rechte Seite des großen Ehebettes.

»Atemlos durch die Nacht…!«, brüllte plötzlich der Wecker ins Dunkel des Schlafzimmers. Maritas Hand schlug mittendrauf, der Wecker verstummte. Sie tastete nach links und berührte nur Maiks ordentlich zusammengelegte Bettdecke. *Mist, Maik ist immer noch nicht da. Ich muss die Kinder wecken!*, schoss es ihr durch den Kopf! Die hatten aber den Wecker ebenfalls gehört, waren aus dem Etagenbett im Kinderzimmer nebenan gesprungen und zur Wohnungstür gerannt, hatten sie aufgeschlossen und dann: »Maama! Die Stiefel sind leeer!«

Schlaftrunken schlürfte Marita durch den Flur zu ihren Kindern und blickte in entsetzte Augen. *Klar!*, dachte sie, *wenn Maik noch nicht da ist, sind die Stiefel natürlich auch leer. Schließlich wollte er den Kindern ja etwas in den Stiefel stecken, wenn er von der Arbeit nach Hause kommt!*

Judith weinte, Jannis war wütend und kickte seinen Stiefel durchs Treppenhaus. »Kinder, mir geht es auch nicht gut, Papa ist noch nicht zu Hause! Macht euch für die Schule fertig, ich mache Frühstück!« Marita schloss hinter den Kindern die Wohnungstür wieder. Beide gingen still ins Bad. »Und übrigens!«, schob Marita den beiden hinterher, »heute Nacht hat es ganz doll geschneit. Ihr müsst eure Stiefel dann auch gleich anziehen.«

Als sich die Kinder durch den hohen Schnee auf den Weg zur Schule gemacht hatten, ging Marita wieder ins Wohnzimmer und wählte diesmal Charlies Nummer. Ein paar Piepser musste sie warten, dann raunte Maiks bester Freund am anderen Ende in den Hörer hinein: »Was 'n los Marita?« Charlie hatte wohl an der Nummer auf seinem Display schon erkannt, dass sie bei ihm anrief.

»Charlie, ist Maik bei dir?«

»Maik? Nee, der musste gestern doch ganz schnell nach Hause, wegen dem Nikolaus!«

Marita packte der Schrecken. Sie musste sich erst einmal in den Sessel setzen und stammelte dann: »Danke. Und entschuldige, dass ich dich so früh rausgeholt hab!« »Schon gut!«, hörte sie noch. Sie legte auf und wählte die 110. »Landeseinsatzzentrale, Sie sprechen mit Polizeihauptmeister Pollack.«

»Hallo, hier ist Marita Meier aus Mühlhausen, Heinrich-Heine-Straße 5. Mein Mann Maik ist heute Nacht von der Arbeit nicht nach Hause gekommen. Sein Handy hat er abgeschaltet, da meldet sich nur die Mailbox. Ich hab auch schon bei einem Kumpel von ihm angerufen. Der hat mir gesagt, dass Maik gleich nach Hause fahren wollte. Sie wissen ja, wegen Nikolaus. Ich weiß nun auch nicht, was ich tun soll. Vielleicht hatte er ja auch einen Unfall mit dem Auto?«

»Frau Meier, wo arbeitet ihr Mann?«

»Bei *Türen und Fenster Maklobeit* hier in Mühlhausen, in der Bonatstraße.« »Augenblick, bitte!« PHM Pollack zoomte in die Einsatzkarte auf einem anderen Bildschirm. »Ja, hier am Wagenstedter Knoten ist heute Nacht ein Unfall passiert. Nein, ein Maik Meier war nicht daran beteiligt. Ein Unfall bei Dachrieden am Berg, einer in Felchta an der Einmündung, sonst nichts. Frau Meier, wir haben gerade eine Streife bei Ihnen in der Nähe. Damit Sie beruhigt sind, schicke ich die Kollegen mal bei Ihnen vorbei. Warten Sie bitte bei sich im Haus, wiederhören!«

»Wiederhören, und danke«. Marita fiel ein Stein vom Herzen. *Jetzt kümmert sich bald jemand darum. Ich werd ja nun bald wissen, wo Maik abgeblieben ist. Bestimmt ist alles ganz harmlos!*, machte sie sich Mut.

Sie ging in die Küche, füllte den Wasserkocher und nahm aus dem Regal die Tüte mit dem Dalai-Lama-Beruhigungstee heraus, den sie nach ihren

230

Yogaübungen immer trank. Für Yoga hatte sie im Moment aber keinen Nerv und ging lieber gleich zum Teetrinken über. Sie goss gerade das heiße Wasser in die chinesische Porzellankanne, da klingelte es an der Tür.

»Hallo?«, sprach sie etwas ängstlich in den Hörer der Gegensprechanlage.

»Hallo, Frau Meier? Hier stehen Polizeiobermeister Hans-Dieter Klinker und Polizeimeister Sina Kowaltschik. Dürfen wir zu Ihnen hochkommen?«

»Ja, kein Problem!« Marita drückte den Türöffner und öffnete die Wohnungstür, um die beiden Polizisten in Empfang nehmen zu können.

Ein großer blonder und eine schlanke, dunkelhaarige Polizistin in dunkelblauen Uniformen kamen die Treppe herauf. Marita erwartete sie an der offenen Wohnungstür.

»Guten Tag Frau Meier«, grüßte Klinker mit freundlichem Lächeln. Marita schaute unsicher, biss sich auf die Lippe, bat die beiden Polizisten mit stiller Geste hinein und führte sie durch den Flur ins Wohnzimmer. Die drei setzten sich auf Couch und Sessel.

»Tja, Frau Meier, normalerweise würden wir zu so einem frühen Zeitpunkt nicht aktiv werden«, begann Klinker in ernstem Ton. »Aber in Ihrem Fall scheint das Ausbleiben Ihres Mannes heute Nacht mysteriös zu sein. Sie sagten, er wollte wegen des Nikolaus gleich nach seinem Schichtdienst nach Hause kommen?«

»Ja«, brach Marita nun ihr Schweigen. »Die Kinder waren ganz traurig, als heute Morgen die Stiefel leer waren! Maik, also mein Mann, hätte das niemals übers Herz gebracht, die beiden zu enttäuschen. Auf ihn kann ich mich auch immer verlassen! Ich hab auch bei seinem Freund Charlie angerufen, weil die doch beide gestern in derselben Schicht waren. Maik hätte ihm doch was gesagt, wenn er noch woanders hingegangen wäre. Und er hätte zu Hause angerufen!«

»Frau Meier«, schaltete sich nun Sina Kowaltschik ein. »Den Wagen ihres Mannes haben wir ja schon ermittelt. Es handelt sich doch um einen metallicblauen, tiefer gelegten Ford Fiesta mit Heckspoiler, Baujahr 2010, mit dem Kennzeichen UH – MM 1?«

Marita nickte kurz mit dem Kopf.

»Wir bräuchten dann mal ein aktuelles Foto Ihres Mannes und vielleicht auch eines des Autos«, fuhr die Polizistin fort.

»Ein Foto habe ich nicht von Maik, aber nehmen Sie doch das hier!«

Marita reichte der Polizistin einen digitalen Bildhalter mit dem Porträt ihres Mannes. »Und was das Auto anbetrifft: Davon hängt ein Poster bei uns im Schlafzimmer.« Marita Meier führte die Polizisten nach nebenan ins Schlafzimmer. PHM Klinker sah das Poster sofort, zückte seine Digitalkamera aus der Jackentasche und machte ein Foto davon.

Die beiden Uniformierten gingen von dort direkt durch den Flur und verabschiedeten sich an der Wohnungstür.

»Wir machen uns gleich auf die Suche nach Ihrem Mann. Halten Sie sich bitte erreichbar für uns. Falls irgendetwas sein sollte, die Nummer der Polizei haben Sie ja!«, versicherte ihr Klinker.

Sina Kowaltschik strich Marita über den rechten Oberarm und schaute ihr zuversichtlich in die Augen. »Wir melden uns!«

Um halb eins kamen Jannis und Judith von der Schule nach Hause.

»Was ist mit Papa?«, fragte Judith noch an der Wohnungstür.

»Ich weiß nicht!«, sagte Marita dunkel. »Die Polizei sucht jetzt nach ihm. Wascht euch die Hände und setzt euch erst einmal zum Essen.«

Die Kinder wurden still und schauten traurig. Marita gab ihnen Kartoffel-Eintopf auf die Teller.

»Ich hab keinen Hunger!«, sagte Judith mürrisch und stocherte mit dem Löffel in der Suppe herum. Jannis ließ seine Suppe auch stehen und begann eine Rauferei mit zwei Legofiguren zu spielen, die auf dem Küchentisch standen. Marita war von der Warterei ganz trübsinnig geworden.

»Möchtet ihr nicht lieber rausgehen? Draußen liegt immer noch so toller Schnee! Wollt ihr nicht einen Schneemann bauen?«

»Komm Jannis, das machen wir, das hast du doch vorhin auf dem Weg schon vorgeschlagen“, sagte Judith zu ihrem Bruder.

Beide zogen sich wieder an und sprangen die Treppe hinunter und durch die Haustür nach draußen. Marita war erleichtert. Die Kinder hatten sie gerade total überfordert. Sie wollte lieber alleine sein und setzte sich im Wohnzimmer neben das Telefon.

Draußen begannen die Kinder aus dem Pappschnee dicke Schneekugeln zu rollen. Hinter dem Haus lag der Schnee besonders hoch. Jannis steuerte seine Kugel auf einen Schneeberg zu. Stöhnend hievte er sie auf die leichte Anhöhe hinauf. Judith kam mit ihrer Kugel hinterher. Marita hörte plötzlich einen gellenden Schrei.

234

»Zellweger, so kommen Sie doch endlich mal her!«
Kriminalhauptkommissarin Carola Henning stand
schon eine gefühlte Ewigkeit am rot-weißen
Absperrband und rief zum dritten Mal den leitenden
Pathologen zu sich heran. Der hatte die Leiche
gerade behutsam zur Seite gedreht, um auch die
Vorderseite begutachten zu können und sprach, ohne
sich um die Hauptkommissarin zu kümmern, weiter
in sein Smartphone.

»Der kapiert wohl nicht, dass wir nicht auch noch
den Schnee am Tatort breit latschen wollen!«, sagte
Carola Henning entrüstet zu ihrem Kollegen Hans-
Jörg Schmiedeknecht. Beide standen am Rand der
mit Strahlern gut ausgeleuchteten Stelle hinter dem
Haus Nummer 5 in der Mühlhäuser Heinrich-Heine-
Straße, Carola Henning in schwarzer Winterjacke
über heller Bluejeans und hohen braunen
Winterstiefeln, Schmiedeknecht in seiner üblichen,
abgetragenen Lederjacke, den Hals nur mit einem
langen schwarzen Schal gegen den kalten Wind
geschützt, der nun durch die Häuserschluchten
wehte.

»Chef, so ist Zellweger, der möchte immer eine
große Nummer schieben, erst recht, seit er zur
Landeseinsatzzentrale versetzt wurde!«
Schmiedeknecht zuckte mit den Schultern.

»Na dann lass uns mal über den Fall reden, Jörg!«, wechselte Carola Henning das Thema. »Die Kinder sind also vom Jugendamt abgeholt worden?«

„Ja, wo sollten die auch sonst hin. Hat die Meier doch einen Nervenzusammenbruch erlitten und sich die Arme aufgeritzt, nachdem die Kinder den Toten gefunden hatten!?«, stellte Jörg Schmiedeknecht fest. »Die ham'se erst mal ins Ökumenische-Hainich-Klinikum gesteckt und ruhig gestellt. Hoffentlich wird die wieder!«

»Also, Jörg. Bei dem Toten handelt es sich um den vermissten Maik Meier!?«, fuhr Carola Henning fort. Sie wandte sich nun wieder dem Tatort zu und schrie:

»Zellweger, Sie kommen jetzt bitte sofort her, ich möchte den Tatort nicht betreten, sonst verwische ich Spuren!«

»…Austrittsöffnung 11 Millimeter im Durchmesser, Kleidung glatt durchschlagen, Schnee unter dem Toten blutdurchtränkt.«, diktierte er gerade in sein Phone, ließ die in einen roten Mantel gehüllte Leiche dann vorsichtig wieder zu Boden gleiten und richtete sich auf. Er blickte zu Carola Henning hinüber, setzte das für ihn typische zynische Lächeln auf und schritt die etwa 15 Meter auf der von ihm gezogenen Fußspur durch den Schnee zurück zum Absperrband.

»Zellweger, da sind Sie ja endlich!«, wetterte Carola Henning den Pathologen weiter an.

Der trat nun ganz nahe an die Kommissare heran und sagte schließlich:

»Zunächst einmal guten Tag, Frau Henning. Ich habe Sie ja schon eine ganze Weile nicht mehr gesehen. Seit Sie die Gewaltverbrechen noch dazubekommen haben, ist bei Ihnen in Sachen Mord und Totschlag nicht mehr viel los gewesen in letzter Zeit.«

Carola Henning blickte Zellweger ungeduldig an.

»Sie möchten Angaben zur Leiche?« fragte Zellweger, der in Carola Hennings Augen gelesen hatte.

»Ich habe bei dem Weihnachtsmann in der Herzgegend einen glatten Durchschuss diagnostiziert. Ob der zum Tod geführt hat, wird die Obduktion der Leiche erbringen. Es spricht nämlich alles dafür, dass der aus höherer Höhe abgestürzt ist. Die Lage der Leiche… Sie verstehen, Knochenbrüche!!« Zellweger deutete dabei mit der Hand zum Balkon, unter dem die Leiche zu liegen kam. »Hämatome am Kopf konnte ich diagnostizieren. Brüche, innere Verletzungen sind möglich. Weiß ich aber erst, wenn der seinen Mantel mal abgelegt hat, ja? Also Mord, mindestens aber

Körperverletzung mit Todesfolge, Punkt. Ihr Fall. Den Bericht bekommen Sie, wenn ich die Leiche auf dem Tisch hatte!«

Ohne die Kommissare noch eines Blickes zu würdigen, stieg Dr. Zellweger über das Absperrband, stapfte zu seinem Einsatzfahrzeug herüber und unterhielt sich dort mit den Kollegen.

Carola Henning war erst einmal sprachlos über diese Dreistigkeit und kam hinter Zellweger her.

»Zellweger, Sie haben doch bestimmt Fotos gemacht. Kann ich die mal sehen?«

Der nahm seine Digitalkamera aus der Tasche seines Tatort-Overalls und übergab sie Carola Henning wortlos. Die Kommissare schauten gebannt auf den kleinen Bildschirm der Kamera. Maik Meier hatte die Augen aufgerissen und blickte überrascht. Der weiße Bart hing noch schief an seinem Kinn, die Mütze musste wohl fortgeflogen sein. Meiers schwarze, zottelige Haare bildeten einen unwirklichen Kontrast dazu.

Carola Henning gab Dr. Zellweger den Apparat zurück und wandte sich wieder ihrem Mitarbeiter zu: »Also, Jörg, fassen wir mal zusammen. Maik Meier fährt nach Schichtende direkt nach Hause. Vermutlich zieht er sich am Auto das Weihnachtsmannkostüm über, setzt sich den Sack auf die Schulter, geht hinter das Haus, klettert an den Balkonen hinauf und bekommt in dem Moment den Schuss von hinten ab, als er sich gerade über die Brüstung hievt. Dann fällt er die drei oder vier Meter vom ersten Stock zu Boden und bleibt dort rücklings liegen. Weil es heftig schneit, wird er von einer etwa 15 Zentimeter starken Schneeschicht überdeckt. Fragen, Jörg: Wann genau ist Maik Meier hier eingetroffen? Wo ist sein Auto? Warum steigt er über den Balkon bei sich zu Hause ein? Wo ist das Projektil? Wer hat auf ihn geschossen und warum?«

Jörg Schmiedeknechts Blick erhellte sich: »Chef, warum der da hoch wollte, verrät uns vielleicht der Inhalt seines Sackes!?«

Carola Henning wandte sich um und ging die paar Schritte zu Dr. Zellwegers Einsatzwagen. Der war gerade dabei, seinen Bericht ans Sekretariat des LKA zu senden. »Zellweger!«, rief Carola Henning, »warum haben Sie die KTU nicht gleich mitgebracht, wie lange müssen wir noch auf Ergebnisse warten?«

Dr. Zellweger schaute verdutzt: »Frau Henning, bei nur noch drei Teams im ganzen Freistaat brauchen Sie sich nicht zu wundern. Die Kollegen sind noch bei einem Einsatz in Sömmerda und kommen danach hier vorbei.«

»Zellweger, Sie sind doch im Bunnyanzug. Holen Sie uns mal bitte den Weihnachtsmannsack aus dem Sicherungsbereich heraus«, bat Carola Henning in freundlichem Ton. Zellweger schaute die Einsatzleiterin etwas genervt an, stieg aus dem Fahrzeug und bewegte sich gemächlichen Schrittes zum Tatort zurück.

»So, Jörg, dann machen wir uns wenigstens an unsere Arbeit. Der Schuss muss in etwa von dort gekommen sein.« Carola Henning zeigte mit dem Arm in die dem Balkon entgegengesetzte Richtung. Die Kommissare blickten auf einen weiteren Wohnblock und auf ein einzeln stehendes Haus mit Fachwerkgiebel. »Also los, Jörg, schauen wir uns dort mal um!«

Da tippte Dr. Zellweger Carola Henning auf die Schulter.

»Ach ja, der Sack! Danke Zellweger!« Carola Henning nahm den Sack, zerrte ein Paar Plastikhandschuhe aus der Jackentasche und zog sie an. Dasselbe tat Jörg Schmiedeknecht. Beide gingen damit zu ihrem Fahrzeug, öffneten die Heckklappe, legten Folie bereit und räumten den Jutesack des Weihnachtsmanns Stück für Stück aus: Zwei für Kinder verpackte Geschenkkartons, zwei Schoko-Weihnachtsmänner, zwei Tüten Plätzchen. Und,

Carola Hennings Blick klärte sich, sie blickte vielsagend zu Jörg Schmiedeknecht: Zwei Päckchen, schwarz-rot verpackt mit goldenen Playboy-Bunnies darauf.

»Na also, Chef, nun ist doch klar, warum der über den Balkon kam!«, begeisterte sich Schmiedeknecht.

»Ja, Jörg«, bekam er prompt zur Antwort. »Der wusste, dass seine Frau im Wohnzimmer wartete und wollte sie dort überraschen!«

Die Kommissare verstauten die Geschenke in einem schwarzen Kunststoffsack und schlossen die Heckklappe wieder.

»Nächste Frage, Jörg, das Auto!?« Carola Henning schaute auf die vor den Wohnblöcken abgestellten Fahrzeuge. Einige waren noch unter einer Schneehaube verborgen. Genau auf diese Ziele hatte es Carola Henning nun abgesehen. Jörg Schmiedeknecht verstand sofort und beide begannen, Schnee von den Autos abzuwischen.

»Da haben wir ihn ja schon!«, rief Schmiedeknecht. Am Heck eines der geparkten Autos hatte er einen Teil der Karosserie freigewischt und das gesuchte Metallicblau zutage gefördert.

»Prima, Jörg! So fügt sich eines zum anderen!«, lobte ihn seine Chefin. »Den kann die KTU dann näher untersuchen! Wir widmen uns nun den Nachbarn.«

Henning und Schmiedeknecht öffneten das niedrige Törchen eines Jägerzauns und schritten ein paar Meter über einen schneegeräumten Betonplattenweg bis zu einer überdachten Haustür. Eine Frau mit grauem Haarknoten und Brille öffnete, noch bevor Carola Henning den messingglänzenden Klingelknopf drücken konnte.

»So, haben Sie den Täter gefasst?«, begrüßte sie die alte Dame.

»Äh?« Die Kommissare zückten ihre Ausweise.

»Guten Tag, Kriminalhauptkommissar Carola Henning, mein Kollege Oberkommissar Schmiedeknecht, können wir herein kommen?«

»Aber bitte sehr!« Die Dame geleitete die Kommissare durch einen mit Holz verschalten Salon in ein als Jagdzimmer eingerichtetes Wohnzimmer. Geweihe von Hirschen und Rehböcken und Landschaftsmalerei zierten die ebenfalls holzverschalten, honigfarbenen Wände, Eichenholzschränke, lederne Sitzgarnitur, Felle, Geweihlampen und ein offener Kamin komplettierten die Einrichtung.

»Um auf meine Frage zurückzukommen: Sie haben den Einbrecher gefasst?«

Carola Henning schaute verdutzt: »Welchen Einbrecher?«

Die Dame wurde energisch: »Na den Balkonkletterer?«

Carola Henning blickte Jörg Schmiedeknecht an, als wollte sie sagen *In welchem Film sind wir denn da jetzt?* und fasste sich wieder. »Wenn Sie sich bitte erst einmal vorstellen würden?«, ergriff sie nun die Initiative.

»Na, Weinrich, Agathe Weinrich!«, sagte sie in einem Ton, als hätten die Kommissare ihren Namen wissen müssen.

Carola Henning fuhr fort: »Also, Frau Weinrich, wir sind vom *Dezernat Gewalt- und Tötungsdelikte* der Polizeiinspektion Nordhausen und ermitteln in Sachen Mord in der Heinrich-Heine-Straße 5. Ist Ihnen gestern Abend dort nach 23 Uhr etwas Verdächtiges aufgefallen?«

Noch bevor Frau Weinrich antworten konnte, hörte man lautes Getrampel auf der Treppe. In der Wohnzimmertür erschien plötzlich ein Rauhaardackel und begann, die beiden Eindringlinge zu verbellen.

»Aber Wurstel, bist du mal still? Na, komm doch mal her mein kleiner Racker!«

Der Hund hörte augenblicklich auf zu bellen und tappte schwanzwedelnd zu seinem Frauchen. »Na fein«, lobte sie das Tier und tätschelte seinen Kopf.

Frau Weinrich wandte sich wieder Carola Henning zu: »Nein, Frau Kommissarin, ich geh doch immer schon früh ins Bett. Um die Uhrzeit muss ich geschlafen haben.«

Und zum Hund: »Gell, mein Wurstele!?«

Der antwortete mit einem gellenden „Weff!"

Dann blickte sie wieder die Frau Kommissarin an. »Ja wissen Sie denn gar nicht, dass der Balkonkletterer auch bei mir war? Aber hier kommt keiner so schnell rein. Mein Mann Axel hat hier alles dicht gemacht. Sicherheitsfenster, Alarmanlage, Gitter. Wissen Sie, als der das Fenster oben eingeschlagen hat, da ging die Sirene aber los. Aber das ist ein Profi, der war so schnell fort, dass die Polizei bloß noch die Anzeige und den Schaden aufnehmen konnte. Fragen Sie ihre Kollegen. Die können Ihnen das alles erzählen.«

»Ja, das war's dann schon, Frau Weinrich«, antwortete Carola Henning schnell. »Vielen Dank für ihre Auskünfte!«, fügte Jörg Schmiedeknecht noch hinzu.

»Tja, Carola, das hätten wir wissen können, wenn wir uns mehr mit dem Intranet beschäftigen würden,

Du weißt schon *Aktuelles aus den Dezernaten*«, sagte Jörg Schmiedeknecht zu seiner Chefin, als sie wieder draußen waren.

»Aber eines sag ich dir, Jörg! Schau doch mal in diese Richtung! Von hier aus sieht man direkt auf Meiers Balkon. Das sind doch vielleicht nur dreißig Meter. Von hier aus hatte der Mörder ein freies Schussfeld!«

»Ja, Chef, aber auch von dort drüben!« Jörg Schmiedeknecht zeigte auf den Wohnblock nebenan. Carola Henning und er wandten sich um und gingen zurück in Richtung des Hauses Heinrich-Heine-Straße Nummer 6.

Dort klingelten sie erst einmal bei Schröter.

»Ja bitte?«, krächzte es einen Augenblick später aus der Gegensprechanlage.

»Guten Tag, hier Carola Henning und Jörg Schmiedeknecht von der Polizeidirektion Nordhausen, können wir kurz reinkommen?«

Es summte am Türschloss, Henning drückte die Tür auf, aus der Wohnungstür im Hochparterre lugte bereits eine hagere, mausäugige und ebenfalls grauhaarige Frau heraus. Die Kommissare zeigten der ängstlichen Dame ihre Marken und Ausweise und wurden hereingebeten.

»Worum geht es denn?«, fragte die ältliche Maus.

»Ich weiß nicht, ob Sie es mitbekommen haben, aber gegenüber, am Haus Nummer 5 wurde letzte Nacht ein junger Mann erschossen«, fing Carola Henning noch im Flur an.

»Ach, deshalb die ganze Polizei hier in der Straße!« piepste die Maus.

»Sie sind Frau Schröter?«, fragte Jörg Schmiedeknecht, als man sich im Wohnzimmer der Zweiraumwohnung gesetzt hatte.

»Ja, Adelheid Schröter, ich wohne hier schon, seit die Häuser gebaut wurden! Ich kenne hier fast jeden. Aber seit ich das Hüftleiden habe, komme ich nur noch selten raus, wissen Sie!«

»Ist Ihnen heute Nacht hier etwas aufgefallen?«

»Nein. Man hört ja schon manchmal Lärm, wenn die Jugendlichen nachts von der Disco nach Hause kommen, oder wenn Kirmes ist! Aber gestern Nacht war alles still. Das weiß ich, Frau Kommissarin. Ich kann doch immer nicht einschlafen. Dann schau ich mir noch etwas im Fernsehen an. Nachts kommen doch die besten Krimis!«

Carola Henning hörte gespannt zu, während Jörg Schmiedeknecht ungeduldig mit dem Stift spielte.

Dann lehnte sich die Maus nach vorne und begann zu flüstern: »Die Weinrich von drüben hat heute Vormittag aber ganz gründlich den Weg geräumt!

Und ständig hat die da rüber geschaut, da waren Sie noch gar nicht da! Wenn Sie mich fragen, die hat was mit dem Mord zu tun! Seit ihr Axel gestorben ist, wird die immer komischer! Die ist nur noch am Putzen. Und an allen Leuten mäkelt sie herum. Weil sie niemand mehr besuchen kommt! Aber wer will die denn noch besuchen? Nicht einmal ihre Jagdkollegen! Aber die sind ja auch alle verheiratet, die dürfen ja gar nicht! Jetzt hab ich Ihnen aber genug erzählt!«

»Aber nein, Frau Schröter, das war sehr aufschlussreich, vielen Dank!«

Mit einem kurzen Seitenblick zu Schmiedeknecht blies Carola Henning zum Aufbruch. »Wir finden dann alleine raus«, sagte sie noch zu Adelheid Schröter.

Mit großen Schritten ging es dann zum Haus von Frau Weinrich. Die Kommissare waren noch nicht am Gartentörchen, da splitterte plötzlich eine Latte ab. Die Kommissare duckten sich hinter den Zaun, da zischte eine Kugel direkt über Schmiedeknechts Kopf ins Leere. Carola Henning fingerte ihr Smartphone aus der Jackentasche und drückte auf die Nummer der Einsatzzentrale: »Hier Henning. Ein Notfall. Schickt mir bitte das SEK in die Heinrich-Heine-Straße 4 nach Mühlhausen. Hier wird auf uns geschossen. Und vorsichtshalber Notrettungswagen und Feuerwehr! Und schnell bitte!«

»Frau Weinrich!«, schrie Jörg Schmiedeknecht aus seiner sicheren Warte heraus. »Machen Sie jetzt bitte keinen Blödsinn. Es wird nur alles schlimmer!« Doch zu spät, mit einem alles erschütternden lauten Knall flogen plötzlich Glassplitter, Dachziegeltrümmer, Mörtelbrocken und jede Menge Schnee durch die Luft. Einige Splitter bohrten sich in den Zaun, einer traf Jörg Schmiedeknecht an der linken Hand, ein Rehgeweih bohrte sich neben Carola Hennings Füßen in den Boden, Schneeflocken stiebten auf, die Fenster des Nachbarhauses zerbarsten unter der Druckwelle.

Dann war alles still, die Kommissare richteten sich auf und sahen, wie es um Frau Weinrichs Haus staubte und Flammen aus den Fenstern, der Haustür und dem demolierten Dach züngelten. Sprachlos standen sie da, Schmiedeknecht hielt sich mit einem Taschentuch die blutende linke Hand, die Kollegen kamen angerannt, einige stürmten in die Heinrich-Heine-Straße 5, um sich dort um die Menschen zu kümmern. »Alles in Ordnung?«, fragte einer der Streifenpolizisten, die am Tatort Wache gehalten hatten. »Wie bitte?« schrie Carola Henning, die von dem Knall noch ganz taub war. Und: »Ich glaub, Kollege Schmiedeknecht hat es erwischt!«

Der winkte jedoch lässig ab und blickte gebannt auf das brennende Haus. Kurze Zeit später war auch schon die Mühlhäuser Feuerwehr mit drei Fahrzeugen vor Ort, der Gashahn wurde abgedreht und Feuerwehrmänner mit Atemschutz drängten sich durch die aus den Angeln geflogene Haustür.

»Bringt mal eine Bahre, hier liegt eine Frau im Wohnzimmer, die lebt noch!«, kam es kurze Zeit später durch den Sprechfunk geknistert. Während zwei Löschzüge mit den Löscharbeiten begannen, schleppten die beiden Ersthelfer Frau Weinrich aus dem Haus, ein anderer hatte einen toten Dackel in den Armen. Helfer vom Roten Kreuz und ein Notarzt nahmen die Schwerverletzte in Empfang und begannen mit der Notversorgung.

Frau Weinrich hatte die Augen offen und stammelte: »Das habt ihr nun davon!«

Carola Henning, die das mitbekommen hatte, näherte sich, blickte kurz den Notarzt an, der sein Okay gab und fragte mit lauter Stimme: »Warum haben Sie das getan, warum haben sie auf Maik Meier geschossen?«

249

»Irgendjemand musste doch etwas gegen den Balkonkletterer tun!«, sagte Frau Weinrich mit heiserer Stimme.

»Die Frau muss schnell ins Krankenhaus, wahrscheinlich innere Verletzungen!«, sagte der Notarzt, nachdem er einen Tropf gelegt hatte. Die Bahre mit der Verletzten wurde in den Notrettungswagen geschoben. Schmiedeknecht und Henning schauten dem NRW noch einen Augenblick hinterher.

»Unser Fall ist damit gelöst, Jörg«, sagte Carola Henning betreten. »Den Rest hier wird das SEK erledigen!«

»Na dann, Frohe Weihnachten!«

Inhalt